元猫又ですが、陰陽師の家で猫のお世話係になったら婚約することになりました。

村田天

ポプラ文庫ピュアフル

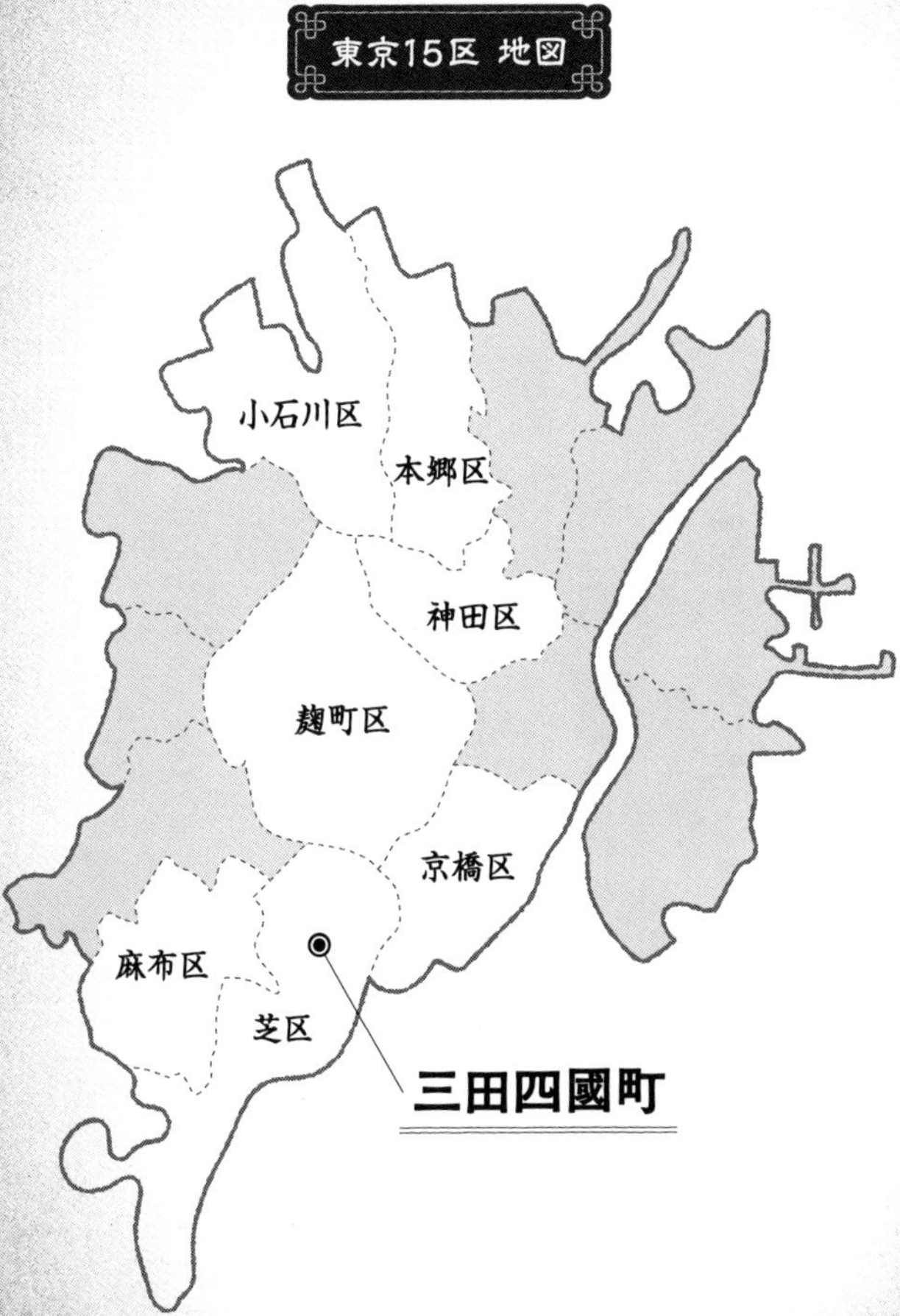
東京15区 地図
小石川区
本郷区
神田区
麹町区
京橋区
麻布区
芝区
三田四國町

目次

序章

中泉《なかいずみ》琥珀《こはく》は十六歳の誕生日に、父から衝撃の事実を知らされた。

「君は、猫又の生まれ変わりなんだ」

養父である劉生《りゅうせい》と血縁関係はない。両親は子に恵まれず、十六年前に子宝祈願の寺を訪ねた。偶然同じ日に、そこに捨てられていた琥珀に運命的なものを感じ、夫婦で引き取って育てることにしたという。

そこまでは琥珀もずっと知っていることだった。

父の追加情報によると、尾が三つに割れた死にかけの白い猫又が寺にやってきた翌朝、同じ場所にいたのが赤ん坊の琥珀だったらしい。住職が赤ん坊を見つけた時猫又の姿はすでになく、赤ん坊の瞳の色は猫又と同じ琥珀色だった。

父は真面目な顔で言う。

「住職さまがおっしゃるには、寺の本尊である阿弥陀如来さまのご加護があって、転生させていただいたのではないだろうかということだった」

それを聞いた琥珀の最初の感想は、『そんな馬鹿な』だった。

確かに琥珀は木登りが好きだし、魚も好きだ。おまけによく寝る。けれど、親への聞き分けも良く、女学校の成績も悪くない。真面目で控えめな文学少女で、普段から規範を外れるようなことをする子ではなかった。突然前世が猫又であったなどと、とんでもないことを聞かされても全くぴんと来ない。

ただ、琥珀には昔からよく見る夢があって、それはずっと気になっていた。

夢の中で、琥珀は大きな日本家屋で暮らしている。

ぼんやりとした景色の中にいつもあるのは美しく静かな庭と、大きな屋敷。それから小さな男の子の姿だった。

琥珀が昔から住んでいる家は木造二階建ての西洋風建築だ。白い壁に張り出した窓、大きめのバルコニーがついた造りのそれは、夢で見る屋敷とは似ても似つかない。あんな屋敷には行ったことがないはずだった。

何故、そんな夢を繰り返し見るのかも、また、何故目覚めたあとに胸がざわつくのかも琥珀にはわからなかった。ただ、事実を聞いて思ったことがある。

あの夢はもしかしたら前世の記憶で、あの屋敷はどこかに実在するかもしれない。

第一章

芝《しば》区三田《みた》四國《しこく》町の猫屋敷

大正十年。六月十三日。薄曇りの午後三時半。

琥珀は女学校の授業を終え、自転車で疾走していた。

矢絣《やがすり》の着物、青搗色《あおかち》の袴に校章の入ったバックル、大きなリボンに髪を結い流し、編み上げブーツを履いた女学校の制服のまま力強くペダルを踏んでいる。

女子が自転車を乗り回すのは教師は勿論、近所の口さがないおばさまのみならず、道ゆく人にも良い顔はされない。

それでも琥珀は一つも気にしていない。ひと月ほど前、誕生日に買ってもらった自転車の練習を重ね、やっと乗りこなせるようになった二週間前から終業と同時に走り回っていた。

自宅のある小石川《こいしかわ》区から飯田橋《いいだばし》を越え、琥珀の女学校がある麴町《こうじまち》区番町を抜け、しばらく外濠《そとぼり》沿いをずっと走っていく。

ぜぇ。はぁ。ぜぇ。はぁ。

昔から何度となく夢に見る、どこかにあるかもしれない屋敷を探すためだ。

琥珀の行動範囲はずっと、親との外出以外、自宅と学校周辺に限定されていて、一人でどこかに行くことだってあまりなかった。それなのにここ二週間、何かに取り憑《つ》かれたかのように、毎日、自分が両親に引き取られたお寺の近くを探し回っていた。

琥珀のいたお寺は芝区の浜松《はままつ》町にあるが、夢で見た屋敷がその付近にあるとは限らない。ものすごく遠い可能性だってある。今日もまた無駄足に終わる可能性は高い。けれど、胸の内から湧いてくる強い想いが毎日琥珀を駆り立てていた。

風を切って走っていると、汗をかいた頭皮を風が抜けていく。疾走する感覚は昔からどこか懐かしいような気がして好きだった。

琥珀は芝公園で自転車を降りて息を整えた。

木陰で座って休憩していると一匹の猫がちてちてと歩み寄ってきた。白黒のハチワレ猫だった。昔怪我でもしたのか、片目を閉じている。首輪がついているのでどこかで飼われている猫だろう。

顎の下を撫でてやると気持ち良さそうに目を瞑った。

昔から猫にはすごく好かれる。琥珀は特別な猫好きというわけではなかったが、動物の中でも猫とは〝うまが合う〟ような気がしていた。もしかしてこれも前世の影響だったのだろうか。

しばらく撫でると猫は立ち上がってぶるぶると体を震わせた。濁ったダミ声で「なー」と鳴き、数歩行って琥珀を振り返り、また鳴いた。どこかに案内しようとしているらしい。

自転車をひいて、猫のあとをついていくことにした。

ここまでずっと人通りが多かったが、芝公園を出て芝園橋《しばぞのばし》を渡ると閑静な住宅街になる。幾つか路地を曲がり、ある屋敷を囲む、黒い瓦の葺かれた石塀沿いをずっと行く。

門の前まで来ると、猫はそこでもう一度琥珀を向いて「なー」と鳴くと中に入っていってしまった。門は開いているが、さすがに他所様の屋敷の中にまではついていけない。そう思って立ちつくす。

大きな屋敷だった。

改めてよく見ると、屋根のついた黒い冠木門《かぶきもん》の中央に星形の印がある。この模様はなんだろう。神社とも武家屋敷とも違う雰囲気がある。

ずっと見つめるうちに強い郷愁を感じた琥珀は、吸い込まれるように門の中に入った。

門の中は白い砂利が敷かれている。妙な石塔が幾つかあるが、それ以外は変わった装飾は見あたらない。植物は煩くない程度に植えられていて、更紗《さらさ》灯台《どうだん》の赤い花が静かな風に揺れていた。

等間隔に敷かれた石畳を五十歩ほど行き、目の前に現れた屋敷を見た琥珀は息を呑んだ。

強い既視感が過《よぎ》る。琥珀は、この屋敷を知っている。

ここは、ずっと夢で見ていた屋敷だ。それが琥珀の夢からそのまま取り出したかのように、あるいはそれより鮮やかな色彩を持ってそこにあった。

しばらくぼんやりと立ちつくし、屋敷から目を離せずにいたが、猫の声がしたので、屋敷の脇を抜けてそちらへと行く。

そこには縁側があり、向かいには閑静な庭の風景が広がっていた。

その屋敷は、見れば見るほど夢で見たものと似ていた。中でも見覚えのある特徴的なものがあった。庭の奥の端にある半円形の茂みだ。

そこは竹でできたアーチに這わせた萩がもっさりと垂れ下がっていて、小さなトンネルのようになっている。もっとも、奥は塀にぶつかるので、正確にはトンネルというより草木でできた洞窟だった。

だらしなく伸びて垂れ下がった萩の葉に埋もれて小さくなっている入口を覗き込もうと近づくと、そこからにゅっと何かが出てきた。

猫だった。

一匹、また一匹と、猫が次々と出てくる。

猫達は琥珀を見ると皆嬉しそうに寄ってくる。

太った猫は体を擦りつけ撫でてくれとせがみ、小柄な猫は肩によじ登り、にゃあにゃあと鳴きながら琥珀を取り囲んでいく。あっという間に猫まみれになった。

ひい、ふう、みい、なんとなく指さして数えていくと全部で九匹いた。

そうして人の気配を感じて振り向くと、背後に三十代半ばくらいに見える着物姿の小柄な婦人がいて、琥珀を見つめていたのでびっくりした。

驚いたのは女性も同じらしく、ぽかんとした顔で立ちつくしている。

婦人の持っていた椀から、小さな魚がずるりと滑り落ちた。どうやら猫達にご飯をあげようとしていたらしい。

焦った琥珀は何故かその魚を手に取り、目の前にいた痩せたサバトラの猫に差し出した。

「ほ、ほら、お食べ」

猫は魚を旨そうにもりもりと食べた。

しばらくじっと黙ってそれを見つめていた琥珀は、意を決して勢いよく顔を上げ、言った。

「あのっ、猫に連れられてきました」

🐾 🐾 🐾 🐾

琥珀は女性と縁側に隣り合って座り、ちゃっかりお茶など出してもらっていた。

「勝手に上がり込んですみません。中泉琥珀と申します。その、怪しい者では……」

「いいのよ。女学生姿の怪しい人間はなかなかいないものよ。顔を上げてお菓子でも食べて」

　琥珀は礼を言ってお菓子を手に取った。貝殻の形の可愛らしい最中だ。自転車で走り回ってくたびれていた体に甘味がじわりと染みわたる。

　女性はにこにこしながら琥珀が食べるのを見ていた。

「この最中、神明町《しんめいちょう》で売ってるんだけど、江《え》の嶋《しま》っていって、作家の尾崎紅葉《おざきこうよう》さんが名前をつけたお菓子なのよ」

「へぇ……素敵ですね。それにとても美味しいです」

「お茶も飲んでね」

「あ、ありがとうございます。わたし猫舌なんで、もう少ししたらいただきます」

「私は田上小梅《たのうえこうめ》よ」

「では、この家は田上さんのお屋敷なんですか？」

「ううん。私は下働きで来ているだけよ」

「そうなんですか……変わった雰囲気のお屋敷ですね」

「あぁ、この家、四季島《しきしま》家は代々陰陽師の家系なの」

「陰陽師……」

「そう。だから正面の式台から入ると、御神体が祀《まつ》られた祭壇のあるご祈禱場になってるのよ」

陰陽師の家だったとは。なるほど。神社というわけでもないけれど普通の家とも少し違う、妙に不思議な雰囲気の屋敷だと思っていたので納得した。

「あの……変わった石塔が幾つかありましたけど」

「ああ、あれは……私も詳しくないんだけど……敷地にある五つの石塔を線で結ぶと、ちょうど中央に御神体があるようになっているの。このあたりは裏鬼門にあたるから、御神体を護るための結界になっているとか何とか……」

小梅はにこにこしながら色々と教えてくれる。

「猫……沢山いるんですね」

「この家は代々猫を守り神として飼うしきたりがあるのよ。これでも増えた分はもらい手を探してきちんと世話をできる数にとどめているんだけど……それでも、時々近所の人が連れてきたりするから……また増えちゃうのよね」

琥珀を連れてきた片目のハチワレ猫が縁側に上がってきて、琥珀のすぐ隣に来たので膝にのせてやる。

それを見た小梅が大きく目を見開いた。

「……どうかしましたか？」

「ごめんなさい……びっくりしただけ。今いる猫達は乱暴な飼い主から逃げてきた猫だとか、怪我をしてしまって捨てられたのを保護した子が多くて、普段警戒心が強くて……人になかなか懐かないのよ……特にその、政宗《まさむね》」

小梅は琥珀の膝にいる猫を指して言った。猫は呑気に前足を舐めている。

「この子ですか？」

「ええ、片目がつぶれているでしょう？　どうも昔、人に酷い目に遭わされたらしくて……ここの猫では一番警戒心が強くて、私の膝にのったことなんてないのよ」

「え？　こんなに懐こいのに？」

そう言うと、小梅は深く頷いた。

「それからあなたがさっきご飯をあげた満福《まんぷく》……サバトラの子だけど……すごく痩せてたでしょう？　あの子は変なものを食べさせられていたのか、食が極端に細くて……普段は食べてと言ってもあまり食べてくれないのよ」

「わたしは昔から猫には妙に好かれるんです」

「それは素晴らしい取り柄よ」

小梅は急に真顔になって琥珀の両手をぎゅっと握ってくる。

「琥珀ちゃん……！　良ければ……学校が終わってからでいいので、ここで簡単なお仕事をしてくれない？」

「お仕事……？　どんな仕事ですか？」

「勿論、猫のお世話係よ！」

「ね、ねこの……」

「毎日じゃなくてもいいんだけど……夕方に来て萩のトンネル、猫の巣になっているあそこでご飯をあげて、お水を替えて、はばかりのお掃除だけしてくれたらいいのよ」

小梅は必死な顔で捲し立てる。

「ほかの人にお願いして任せたこともあったんだけど、猫達が警戒してひっかいてしまったり、出したご飯を全く食べなかったりで、結局私が世話をしていたの……やってもらえたら、私も少し早めに帰って子の世話やお稽古事もできるし……何より猫達も喜ぶと思うの。お願い！」

猫のお世話係。琥珀は困っている猫は昔から放っておけない性質だ。自宅から少し遠いのが難点だが、別に難しいことは何もない。何より、この屋敷は夢に見ていたところで間違いない。もっと知りたい。

「……やります」

「本当に？　助かるわ！　ありがとう！」

小梅がぱっと笑顔になり、ほっと息を吐いた。

「じゃあ、御影《みかげ》さまに聞いてみますね！」

「御影さまって……どなたですか」

「今の四季島のご当主さまで……あ、御影さま！　おかえりなさいませ」

小梅の声につられて、琥珀はそちらを確認した。

平安時代のような白い狩衣に袴姿の、美しい青年が仏頂面でそこに立っていた。

長い髪は後ろで一つに纏《まと》められている。すっと通った鼻筋に、涼しげな瞳。

その人にぴたりと視線を合わせた瞬間、世界から全ての音が消えた気がした。

一目で心を奪われた。

呼吸は止まり、内側から押されるように心臓がどっ、どっ、と音を立てて動くのがわかる。琥珀は自分の心の動揺でこんなにも体が反応するということを知らなかった。

小梅が御影に言う。

「御影さま！　この子、中泉琥珀ちゃん、うちの猫が連れてきてくれたんですけど、猫達にすっごく懐かれてるんですよ。夕方のお世話をお任せしてもよろしいですか？」

御影は小梅の言葉を聞いてほんの一瞬だけこちらを見たが、すぐに視線を逸らし、どこかけだるげな顔で口を開いた。

「猫の世話係か……別に、かまわない」

その声は琥珀には、宝石を凝縮したらこんな音なのではないかと思うほど美しく感じられた。

御影。この人は御影さまというのか。

思わず胸に猫を抱いたまま、ふらふらとそちらに近寄っていく。吸い寄せられるような感覚だった。

間違いない。夢で見ていた男の子はきっと、この人だ。

胸の奥から温かい感情の濁流が込み上げてきて、胸が熱いもので満たされていく。苦しいくらいだった。自分では制御できないほどに感情が暴れている。

やっと会えた。

初めて会ったはずなのに、そんな気さえした。琥珀は何故だかその時、目の前のこの人も同じように思ってくれていると、疑わなかった。

「あのっ……わ、わたし……！」

しかし、御影は琥珀から顔を背けたまますっと手を伸ばし、琥珀を制止した。

「それ以上近寄るな」

「……え？」

「俺に、猫を寄せるな」

どうやら御影は――大の猫嫌いのようだった。

午前八時。小石川区小日向武島《こびなたたけしま》町。中泉邸。

琥珀が眠い目を擦り、顔を洗って髪を整え食堂へと入ると、父の劉生がすでにテーブルに着いていた。紅茶を飲みながら新聞を読んでいる。

大学で教鞭を執る天文学者である劉生は養母の八重子《やえこ》と共に、琥珀を女学校に通わせ、何不自由ない生活をさせてくれている。

琥珀の朝食は大抵、砂糖たっぷりの紅茶と、バターを塗ったパンだ。

グリニッジに留学経験のある劉生は、極薄切りにした角形パンを焦げるくらいにカリカリに焼くのが英国風だと言って、いつもそうしている。これに豚の燻製肉があればなおいいのだがと、よくぼやいている。

「お父さま、おはようございます」

挨拶をすると、劉生は新聞から顔を上げた。

いまだに眠くて、猫のように顔をゴシゴシしている琥珀を見て優しげに笑うと「おはよう。琥珀」と返してくれる。口髭《くちひげ》を生やしたその顔立ちは夏目漱石《なつめそうせき》先生に似ているようで、大学では漱石先生と呼ばれているらしい。

琥珀はテーブルに着いてパンに手を伸ばす前に口を開く。

母には昨晩言ってあったが、父の許可を取らなければならない。

「お父さま、わたし昨日、自転車で芝区の三田四國町のあたりにまいりまして」

「うん」

「そこにある陰陽師のお屋敷で猫のお世話係に任命されました」

劉生がまた、目を滑らせていた新聞から顔を上げた。

「ん？　何だね？　……猫の？」

「猫のお世話係です。お賃金もいただけるそうです。毎日学校が終わってから行って、日暮れ前には帰ります」

劉生は目を丸くした。

「……そうかそうか！　琥珀は猫に好かれるからね。私もご挨拶に伺ったほうが良いかな？」

「もし必要ありそうでしたらご相談いたします」

天文学者である劉生はどこか浮世離れしていて、世間の目や窮屈な社会常識などはあまり気にしない。大らかな父であった。そうでなければ、猫又の生まれ変わりかもしれない赤ん坊を引き取りはしないだろうというのは最近になって気づいたことだ。

「でも、六時までには帰るんだよ」

「わかりました」

　食事を終え、学校へ行くために玄関へと向かうと、母の八重子が台所から出てきた。風呂敷に包まれた弁当を受け取った。八重子は小声で聞いてくる。

「琥珀、どうだった？」

「大丈夫でした。門限さえ守ればやって良いと」

「劉生さんは大らかだけど、ちょっと心配性なところもあるから……どうだろうと思ってたけど、良かったわね」

　八重子は琥珀が珍しく自分から何かをやりたいと言い出したことを、とても喜んでくれていた。にこにこ顔の八重子に送り出されて、家を出た。


　昨夜まで降っていた雨は上がったが、道はまだ雨の匂いを残している。さわやかな陽射しが道端の草に残った雫を照らし、眩しい。

　琥珀が通う麴町区番町にある聖百合《せいゆり》高等女学院までは自宅から徒歩二十分ほどだ。校門をくぐると礼拝堂があり、登校時にはそこにある聖母像に手を合わせてから教室へと向かう。

「ごきげんよう、琥珀さん」

　席に着くと、三つ編みを二つに折り高い位置でリボンをつけて纏める流行のマーガレット頭をした級友の野島愛子《のじまあいこ》がにこにこと寄ってくる。

「これ、夢二《ゆめじ》の半襟ですのよ」

「とても可愛くて、お似合いですわ」

そこに仲良くしているもう一人の級友、三友花子《みともはなこ》が来て興奮気味に言う。

「ゆり子さんが少女画報にのったんですって！」

「まぁ！　ぜひ見たいわ！」

二人は興奮気味に盛り上がる。

噂のゆり子は公爵家の令嬢で、来年には結婚して学校を辞めることが決まっている。彼女の結婚相手について少し噂をして、それから各々の結婚相手や将来に思いを馳せた雑談へと脱線していく。

「職業婦人にも憧れますわよね。これからは女性も社会に出て、一人の人間として教養を深めていく時代ですもの。琥珀さんは、何かありますの？」

「わたしですか？」

将来の希望。琥珀も勿論バスガールや電話交換手に憧れる気持ちはあった。琥珀は好奇心が旺盛で憧れや興味は多い。けれど、そのどれかに自分がなりたいかと問われると、どうにもしっくりこなかった。琥珀は与えられる勉学はこなすものの、猫のようにふわふわと目の前の日を生きていた。

「あら、何のお話ですの？」

級長の菅井志摩子《すがいしまこ》が現れたので琥珀らは委縮して押し黙る。それにムッとしたのか、志摩子が険のある口調で言った。

「さきほど少女画報のお話をされてましたけれど……学校内への雑誌の持ち込みは禁止されていますわよ」

「い、いいえ、持ってきてはいませんのよ！」

志摩子はじっと疑るような視線を投げていたが、本当に持っていないのがわかると少し残念そうに息を吐いた。

「……琥珀さんは職業婦人になられるの？」

琥珀は学校で、大人しいものの学問の成績はいい。志摩子には妙な対抗心を持たれているのを感じていた。何かとつっかかってくることが多い。

「え？　いやあ……その、憧れですわ」

「学術優秀ですものねぇ……」

志摩子は褒めにしては棘のある声で言って去っていった。

「行った……」

ほうと息を吐き、三人で顔を見合わせて笑う。

その後、始業の鐘が鳴り、先生が入ってくると、ざわめいていた教室は鳴りを潜めた。

学校はそれなりに楽しい。学校内に溢れる噂話。流行り言葉。先生の悪口。少女小説に出てくるような先輩と後輩の疑似恋愛関係《エス》。流行歌や少女画。オペラや活動写真の話題。けれど、琥珀にとっては父の顔を潰さぬため勉学をする場所であり、ずっとどこか埋没しきれない場所でもあった。

ここにはない何かを探すような感覚はずっとあった。琥珀はそれを好奇心だとばかり思っていた。でも、違ったのかもしれない。

脳裏に四季島の屋敷がちらちらと浮かぶ。

琥珀は早く学校を出たくてうずうずしていた。

琥珀が四季島家で猫の世話係を始めてから、早四日が経過していた。

四季島の屋敷に入るとすぐに、待ちかねたように猫が寄ってくるようになった。時間で判断しているのか、それとも琥珀の足音を覚えたのかもしれない。

「満福、今日もちゃんと食べてね」

痩せ猫の満福は甘えた声を出して体を擦りつけてくる。少しだけ太ってきた。良いことだ。その場にしゃがんで少し戯れていると、一匹、また一匹と増えていく。

その時、帰宅した御影が門を入ってきたので心臓がドクンと鳴った。

今日は神主のような狩衣姿ではなく、もう少し動きやすそうな着物に袴姿で、書物を数冊、小脇に抱えていた。

御影は長身で、女性には見えない男性の骨格であるにもかかわらず不思議と中性的で、静謐な色気がある。彼の一挙手一投足には目を吸い寄せられてしまう不思議な魅力があった。琥珀は少し緊張しながらも声をかける。

「御影さま、おかえりなさいませ」

御影の手のひらがゆっくりと伸ばされる。

「……猫まみれで近寄るな」

しかしながら形良いその唇から紡がれる言葉はとても無愛想で冷たい。

御影は琥珀の横をすっと通り過ぎて、玄関に入っていってしまった。

琥珀はこの四日間、御影と全く仲良くなれずにいた。

会話らしい会話もまだしていない。夢の中にいたあの男児は大人になって、何があったのかは知らないが、すっかり猫嫌いになってしまったようだった。

おまけに彼は陰陽師だ。猫嫌いの陰陽師に元猫又だなんてバレたら、調伏されてしまうかもしれない。まさかとは思うが恐怖感は拭えない。

それでも気にはなるもので、機会を見つけて何度か話しかけてはみたが、今のところ「寄るな」と「猫だ」しか言われていない。いずれも琥珀が猫にまみれていたせいだ。そういう時大抵、御影の顔は猫から大きく背けられているので、琥珀の顔をきちんと認識しているかどうかも怪しい。

　御影は見る限りいつもけだるげで表情薄く、覇気がない。

　ここ数日で知ったことは、三年前、四季島家の前当主である彼の父親がスペイン風邪で急逝し、当時二十歳であった御影が当主となったこと。また、母親は彼が七歳の時に先に亡くなっているということだった。

　萩のトンネル前に行き、猫達にご飯をあげながらどうしたものかと考え込む。

「琥珀ちゃーん、お茶にしましょ」

　小梅に呼ばれて、肩に小柄な猫をのせたまま縁側に行くと、お茶とお菓子を用意してくれていた。

「わぁ、ありがとうございます」

　一仕事終えた琥珀は、温かい番茶を飲みながら甘い饅頭《まんじゅう》に舌鼓を打った。そこに、もう一人の下働きである源造《げんぞう》がやってきた。

「おうおう、揃って何を食ってんだ？」

「亜墨利加《あめりか》饅頭ですよ。源さんもどうぞ」

小梅がにこにこ笑って答える。

四季島家には通いのお手伝いが二人いて、小梅が食事や洗濯などの家事を、源造が薪割りや庭仕事などの力仕事を担当している。

源造はもう初老といって良いが、短い髪に恰幅の良い体、いかめしい顔立ちでいかにも江戸っ子といった貫禄がある。初めて会った時は少し怖かったが、彼も猫が琥珀に懐いているのを見てとても喜んでくれた。

源造はいかつい見た目に反して甘党のようで、すぐに破顔して饅頭に手を伸ばした。

「この、クルミがのってんのが憎いねぇ」

甘味をしみじみと味わっている顔は実に幸せそうで、琥珀もつられるようにもう一口、口に入れて味わった。

「琥珀ちゃんが来てくれるようになってから猫達がすごく伸び伸びしてるわ。本当に助かってるんだけど……ここでのお仕事、親御さんは知ってらっしゃるの？　大丈夫かしら？」

「大丈夫です。うちの父は本郷で教鞭を執っている天文学者なんですが……宇宙単位で物を考えているから細かいことはあまり言わないんです」

ちょっとふざけて言うと、小梅は「ふふ。それなら良かった」と言って柔らかに笑う。けれど、琥珀にはちょっとした不安があった。

「わたしは良いんですけど……もしかして、御影さまはお嫌ではないでしょうか」

どうも、嫌われているような気さえする。

「御影さまはお仕事は真面目で優秀な方なんだけど、それ以外はちょっと無頓着というか……だいぶ不愛想な人なのよ。でも、琥珀ちゃんが猫のお世話をしてくれているのを悪く思う気持ちは絶対にないのよ！　気にせず、楽しくお世話してもらえたら嬉しいわ」

「そうなんですかね……」

ションボリしている琥珀を慰めるように源造が饅頭を追加で差し出してくる。

「昔はあんなんじゃあなかったんだけどな……坊ちゃんは旦那さんが亡くなってからすっかりすさんじまったんだよ」

「そうなんですか？」

「ああ、大勢いた屋敷の使用人をみィんなお役御免にしてよう……そのくせ思い詰めたみてえに化物相手の仕事ばっかガツガツやってよ……まるで、自分から独りぼっちになろうとしてるみてえだったよ……」

「え、でも小梅さんと源さんは、いますよね」

「おりゃあ残ると言って聞かなかったんだ！　んな馬鹿な話は聞けねえよ！　坊ちゃんが一人でマトモな生活できるわけねえからな！　放っといたら薪も割らずに冬に凍

死すんだろ！」

「は、はあ……」

「小梅は元々猫の世話係として唯一残されてたんだけどな……見かねて坊ちゃんの飯の用意やら屋敷の掃除やらもするようになったんだよ……最低限の生活はさせねえと、ありゃあ駄目になる」

　源造はふうとため息を吐いた。

「でもよう……人はいずれは必ず死ぬ。だからって、はなから人との関わりを絶っちまうのはちいっと極端だろう？　そう思わねえか？」

　いつの間にか琥珀の膝の上にいた政宗を何となく見る。

　政宗は前足に顔を埋めて寝に入った。ふこふこと規則的に動くその腹をさらりと撫でる。

「……わたし、やっぱり御影さまともっと仲良くなりたいです」

「うーん、じゃあ……お部屋にお茶を持っていくのはどうかしら！」

「おう、猫なしで挨拶すりゃ、ちったぁしゃべれんじゃねぇか？」

「あ、それはそうかもしれません！」

　二人の意見に琥珀はこくこくと頷いた。小梅にお茶の用意をしてもらい、早速それを持っていくことにした。

部屋数が多い屋敷だったが、琥珀は迷いなく御影の部屋の前まで来た。はぁ、と大きく息を吐く。琥珀にはだいぶ勇気のいる行動だ。緊張で心臓がどくどくと鳴っていた。

「御影さま、お茶をお持ちしました」

返事はなかった。何度か呼びかけたあと、思い切って襖を開けると短い廊下の先に、また襖があった。

部屋はここではなかったのか。そう思ってそこを開けるとまた襖がある。見た目よりずっと広い家なのだなと思い、もう一枚開けた。

おかしい。

開けても開けても襖しかない。さっきから何枚開けただろうか。妙な空間に迷い込んでいる気がする。何枚開けたかも忘れた頃、荒く息を落とした折に盆にのせた熱いお茶が溢れ、手に少しかかった。

「ぎにゃあぁ！」

叫んでいると目の前の襖が開いて御影が顔を覗かせた。眠そうな顔をしている。

背後に見えた御影の部屋は雑然としていた。とにかく書物の量が多い。

「さっきから君は何を一人で大騒ぎしているんだ……」

「あっ、御影さま！　お茶をお持ちしようとしたのですが、全然辿り着けず……何故ですか!?」

「何故と言われても……猫よけの結界ならやっているが……ヒトは入れるはずだ」

それを聞いてぎょっとした。

御影は怪訝な顔をして琥珀の顔を覗き込む。この上なく不審なものを見る目つきに危機感を覚えなければならないところなのに、至近距離に美しい顔が来たため、ドキドキしてしまう。

御影はしばらく琥珀の顔をまじまじと見ていたが、ふいに眉根を寄せ、困った顔で言う。

「君の目は猫のようだな」

「え?」

「見ていると、ざわざわとした気持ちになる……」

「ざ、ざわざわですか?」

御影は少し考え込んでいたが、顔を上げて言う。

「率直に言うと苦手だ。猫が周りにいなくとも近寄られたくない」

「い、いくらなんでも率直すぎませんか!?」

御影は琥珀の手の盆から湯呑みを取るとお茶を一息に飲み干した。

「お茶をありがとう。ごちそうさま」

御影は湯呑みを盆に戻すとさっと襖を閉めた。

「あぁっ、御影さま！　御影さま！　御影さまー！」

琥珀は襖をカリカリとしたが、今度は開けてもらえず、自分で開けてみてもやはり奥に短い廊下と襖があるだけであった。

琥珀は走って縁側に戻り、付近にいた太った灰猫の腹に顔を埋めた。

「おおおおお！　やっぱりすげなくされましたー！」

「琥珀ちゃん。御影さまは誰に対しても無愛想なだけだから……元気出して」

「そうだよ。坊ちゃんは一目惚れで懸想されてわざわざ訪ねてきた別嬪さんを軒先で追い返したこともあんだ。そこまで気にすんなって」

「それは何となく聞きたくなかったです……！」

「でもぉ、御影さまはある意味率直な方だから、本当に嫌なら雇わないわよ」

それは、そうかもしれない。御影が率直すぎることはさきほど痛感したばかりだ。

琥珀は小梅と源造の言葉に一喜一憂したのだった。


その日、四季島邸の猫の巣で、餌やりを終えた琥珀が帰宅のため門へ向かうと、前庭から話し声が聞こえてきた。

見ると、仕事から戻ったと思わしき御影が、見知らぬ青年と話し込んでいた。

青年の年の頃は御影より下、琥珀より少し上の十八、九歳くらいだろうか。凛々しい眉に意志の強そうな目で、顔立ちは整っている。御影とは少し系統が違うが美丈夫といえるだろう。狩衣に袴姿で、御影と似たような格好をしていた。

しかし、似たような衣服の男と並ぶとその差が顕著だが、御影はやはり雰囲気が一段浮世離れしていて、妖しげな魅力がある。

「何かあったのですか？」

話し込む二人に声をかけると青年のほうが「誰だ？」と怪訝な顔を向けてきた。

初対面でいきなり「誰だ」はないのではないか……その態度に不躾なものを感じつつも琥珀は答えた。

「一週間ほど前から猫のお世話でこちらに来させていただいている中泉琥珀と申します」

「猫の？　ああ、あの穴ぐらにいる猫どもの世話をする女中を雇ったんですね……得体の知れない人間を屋敷に入れるのはあまり感心しませんね」

男は眉を顰《ひそ》め、こちらを見ずに御影にそう言った。名乗る気はなさそうだし、本人の目の前でその発言はいただけない。おまけにこの男も猫が嫌いなようだ。

「ところで、何かあったんですか？」

琥珀の問いに、御影は眠たげなあくびを一つして答える。

「大したことじゃない。下駄がなくなったんだ」

「あれだけいる猫どもの仕業でしょうね」

男は猫の巣を忌々しい顔で睨みつけてから、琥珀へ言う。

「中泉といったな。お前……ちょっとあの、猫のゴミ溜めみたいな巣を確認してきてくれ」

何故か命令された。しかし雇い主でもない初対面の男に指図される謂れはない。

「わたしはさきほど見ているので……ご自分でご確認なさってみたらいかがでしょうか」

「あんなところに入ったら凶暴な猫どもに襲われて怪我をしてしまうだろうが」

話せば話すほど、この男は虫が好かない。しかし、なくなったのはこの男の下駄ではなく、御影の下駄だというのだから、そこは協力する気がないわけではない。

そうして、ふと思い出す。四季島家には一匹だけ若い猫がいる。三月《みつき》ほど前に近所の人が連れてきたというキジトラの小判《こばん》だ。その子が木の枝をかじっていたことがある。

「あ、そうだ。縁の下にも猫の溜まり場があるんですよ。そちらも見てみますね」

四季島家には季節折々の植物が植えられている。ちょうど今、縁の下の猫の溜まり場の入口は蓮華ツツジの花に隠されていて、わかりにくくなっていた。

琥珀が奥を覗き込むと、小判が下駄を噛んで遊んでいる最中だった。

呼ぶと来たので猫ごと持ち上げて御影の前に連行する。

「ありました。この子、歯が痒いみたいで……代わりの物をご用意すれば被害はなくなるかと」

「そいつか」

青年が不穏な目で睨んできたのでさっと猫を視線から隠した。

「中泉。お前は屋敷に来たばかりなのに……何故縁の下に猫の溜まり場があるなどと知っていたんだ？」

「……え？」

顔を上げると男は胡散臭いものを見る目で見ていた。

「御影殿。この女の素性はきちんと調べたんですか？　どこぞの敵対する家系から差し向けられた人間かもしれませんよ」

琥珀はびっくりして顔を上げる。気がつくとよくわからない疑いをかけられていた。

「清門《せいもん》……考えすぎだ。危ない奴が猫の溜まり場なんて調べてどうする。そこに行く猫でも見て知ったんだろう」

御影がため息まじりに庇ってくれた。御影も琥珀に対して扱いが良いとはいえないが、少なくとも悪さをするために来たとは疑っていないようだ。

「それか、単に……猫みたいな奴だからわかったのかもしれないな……」

御影が何だかんだ庇ってくれた。琥珀はそれが嬉しくて「へへ」と笑った。

「喜ぶな。俺にとっては……最大の悪口だ」

「悲しいです！」

清門という男はそのやりとりを黙って見ていたが、急に口を挟んでくる。

「で、もう片方はどこにあるんだ？」

下駄というものは当然だが二つある。片方だけあっても使えない。

「あ……捜してみます」

琥珀はそう言ったが、御影は小さく首を横に振った。

「ああ、もういい」

そっけなく言って部屋に戻っていく。その背中を名残惜しくじっと見つめていたが、気づくと清門がまだそこにいて、苦々しい顔をしていた。

「怪しい奴かと思ったら……ただの軽薄な女だったか。猫の世話だ何だと言って、御影殿にすり寄れるとでも思ってるのか？」

この短時間で彼の機嫌を損ねたのか、最初は無神経で無礼なだけだった清門が敵意を纏い出したのを感じる。

「そ、そんなこと……」

「いいか。御影殿はお前のような軽薄な女が寄ってくるのには飽き飽きされている。ご迷惑だ。無駄な期待は抱くなよ」

清門は捨て台詞を吐いて去っていった。

琥珀はその背を睨みつけてから、拳をぎゅっと握り、勝手口へと走っていった。

台所では小梅が御影の夕食であるおにぎりと味噌汁を作っていた。御影はあまり食べないらしく、その量はごく控えめだ。

「小梅さん！　あの無礼な男は誰ですか！」

小梅は「無礼な男？」と言って数秒考えていたが、すぐに答えをはじき出したらしく「ああ」と言って頷いた。

「あの人は、八島《やつしま》清門さん。御影さまとは遠い親戚筋で……時々御影さまの仕事の見習い助手をしている方よ……お弟子さんみたいなものかしら」

「御影さまがお弟子なんてとったのですか」

「ええ、一年ほど前に強引に押しかけてきて……断ってもしつこく来るものだから、御影さまが折れたのよ。確かにちょっと無神経なところはあるけど……そんなに無礼だった？」

「初対面で、謎の疑いまでかけられました。悔しいです」

「あらら……旦那さまが亡くなられてから新しく人が入るのは琥珀ちゃんが初めてだから、警戒しちゃったのかしらね。清門さんって、政宗より警戒心が強いのよ」

おそらく清門より一回り以上歳上の小梅は余裕がある。あんなに横暴な男を屋敷の困った猫みたいな扱いですませている。

帰宅しようとしていた琥珀だったが、萩のトンネル内に御影の下駄がないか、もう一度見てから帰ろうと、結局猫の巣に舞い戻った。

陽が落ちてきてトンネルの奥は薄暗いが、琥珀は異様に夜目がきくほうだ。奥の一部に背の高い雑草が固まっているところがあり、気になって、そこだけ捜してみることにした。

けれど、薄暗い中で捜していると、面と向かって無礼にされたことが思い出されて、またふつふつと怒りが湧いてくる。

ぶちぶち、ぶち。

怒りに任せて雑草を素手で抜いていく。

思い出すほどに腹が立つ。

『猫の世話だ何だと言って、御影殿にすり寄れるとでも思ってるのか？』

『御影殿はお前のような軽薄な女が寄ってくるのには飽き飽きされている。ご迷惑だ。

無駄な期待は抱くなよ』

すり寄るだなんて、そんなんじゃない。

自分は、御影とはもっと昔から、深いつながりがあるはずなのだ。

あんな無礼な男の言うことなど気にすることはない。そう思おうとするけれど、不躾に投げかけられた清門の言葉に、急に冷静になってしまった。

ここに通うようになってもう一週間経つが、相変わらず御影はそっけないし、仲良くなれる兆しもない。

初めて御影を見たあの瞬間に、琥珀は強く惹かれた。

それは本当に衝撃的で、運命を感じるものであった。しかし、御影は琥珀を見て何か不思議に思いはしたようだが、その違和感は大したものではなかったのだろう。結局顔を合わせるたびに嫌な顔しかされていない。

ここは確かに夢で見ていた屋敷だ。部屋も廊下なども、知れば知るほど既視感がある。夢に出てくる少年も御影だろうと思う。だが、御影は大人になって、猫嫌いに変わってしまっている。琥珀だって女学生だ。もう、何もかも違う。

もしこの既視感や懐かしさが前世の記憶から生まれるものだったとしても、全て琥珀が生まれる前の話で、少なくとも十六年以上経っているのだ。

きっと、琥珀だけじゃなく、彼も忘れてしまっている。

誰からも忘れられた、そんな記憶を追う意味はあるんだろうか。

自分だけ……馬鹿みたいだ。

琥珀は一方的に運命的なものを感じて仲良くしようとしていたが、御影には女学生が必死に媚を売っているようにしか見えなかったかもしれない。もしかしたら、清門の言うように本気でわずらわしく思っていたかもしれない。

そう思ったら情けなくて、急に悲しくなってきた。

べそべそしながら草をむしっていたら、草の中から下駄の片割れが出てきた。けれど、それはもうボロボロで、使える代物ではなかった。

萩のトンネルから出ると、すっかり陽が暮れていた。もう、小梅も源造も帰宅していて、屋敷の庭は静かだった。

「君……まだいたのか」

たまたま祈禱場の前にいた御影が少し驚いた顔で琥珀を見た。

「あの……下駄を見つけたんですが……これはもう履けません」

「そんなもの……いいと言ったのに。今までそれを捜してたのか？」

「は、はい」

琥珀の着物の袂も、袴もブーツも土で汚れている。

「下駄などほかにもある。こんな遅くまで、泥まみれになってまで捜すものではないだろう」

嫌そうに眉を顰めて言われ、またへこんだ。清門に嫌な態度を取られても腹が立つだけだが、御影にはちょっと嫌な顔をされただけで、悲しくなってしまう。

「ご心配せずとも、もう帰るところです……」

「自転車で帰るのか？」

「いえ、今日は父が使いたいというので市電で来ましたが、この時間は混雑が酷いので、歩いて帰ります」

このあたりは路面を走る市電が沢山通っている。しかし、朝夕は混雑が極まる。酷い時は来ても結局乗れなくて一時間待ったりすることもある。

帰り道に使っている太い道は栄えているのでそこまで閑散とはしていないし、街灯だってある。わざわざお金を払って満員の市電に乗るならば歩いて帰りたい。

「なら、さっさと出ろ」

御影はそっけなく言って、さっといなくなってしまった。そんなに邪険にしなくても……と、またしょんぼりしてしまう。

項垂れて門を出るとそこに御影がいた。

「家まで送っていく」

「……えっ？　み、御影さまがですか？　大丈夫です。結構かかりますので」

「なら、なおのこと送っていく」

「あの……」

「何だ」

「わたしのこと……苦手、なんじゃないですか？」

御影はしばらくいつもの無表情だったが、やがて、目を細めて言う。

「苦手は苦手だが……それとこれとは別だろう。今夜は星の並びが良くない。こういう夜は幽鬼の類が出やすいんだ。それから大きな戦争のあとは戦死者の無念が黒い影となりあたりをうろつくことが多い。ほとんどは無害だが凶悪なものになると人を襲い殺す。それがなくとも物取りや酔っ払いがいるかもしれない。若い娘の夜道の独り歩きは危ないだろう。俺はそういった危険を考えて言っている。苦手かどうかとは話が別だ」

「は、はい！　別です。お願いします」

御影の謎の迫力に慌てて頷いた。それに、送ってもらえたら少しは仲良くなれるかもしれない。

「君は……」

「琥珀です」

「わかった……琥珀。陽が落ちてから帰る時は俺に言うように」

陽が落ちる前に帰れ、ではなく帰る時陽が落ちてたら言えと言ってくれた。御影は無愛想だが、何だかんだ冷たい人ではなさそうだと、琥珀は思う。


とっぷりと日が暮れ、あたりが一秒ごとに暗さを増していく時間。

御影がすぐ隣を歩いている。こんなに近い距離にいるのが信じられない。琥珀はふわふわした気持ちで歩いていた。

「あの……陰陽師って、どんなお仕事をされるんですか」

「……元々陰陽師は占いや天文、暦や時間、建築の際の地相などを司る職だが……その辺の仕事は各々専門職が出てきて減っている。うちは今は悪鬼祓いの仕事を主としてる」

「悪鬼祓いというのは……」

「ざっくり言うと化物退治や悪霊のお祓いだ」

「化物退治……」

自覚はなくとも自分も元人外であると聞かされているので、その言葉には恐怖を感じる。こわごわと御影を見上げると、御影はまじまじと琥珀を見ていた。

「……もしかして、化物が怖いのか？」

「は……はい」

怖いのは『化物』ではなく『退治』だが、そういうことにしておこうと頷く。

「君のその顔……」

「は、はい」

「毛の膨らんだ猫に似ているな……」

「そ、そのたとえは悪口ですね……」

琥珀がそう言うと、御影はふっと笑った。

いつもけだるげで無表情な御影が浮かべた一瞬の笑みを琥珀は見逃さなかった。黙っていれば人を寄せつけない、人形のような完璧な美貌に突然現れた隙のある笑みだ。壮絶に艶《つや》っぽく華やかだった。

「でも、わたしの周りで化物とか幽霊の話なんてそこまで聞かないんですけど……そんなにお仕事があるんですか？」

芝園橋を渡ってすぐの道は、大きな松の木が茂っていて薄暗い。生ぬるい風が吹いていた。

「そうだな……たとえばあそこ、松の大木の後ろにはさっき言った、戦死者の無念が形となった黒い影がいる。大きな戦争のあとはあれが増える」

御影があまりにいつも通りのやる気のない口調で言うものだから、琥珀は最初冗談を言っているのだと思った。

しかし、そちらを見ると、言葉の通りにうっすらとヒト型の黒い影がいて驚いた。薄闇を黒く塗ったかのような影は動くことなく佇んでいた。

「ほ、本当ですね。煙とも違う、黒い……ヒトの影のようなものが……」

「驚いたな……視《み》えるのか……」

「え？」

「あそこまで薄いと、大方の人間には視えないものだが……君はもしかしたら陰陽の素質があるかもしれないな」

「えっ！　本当ですか？」

「いや、冗談だ。特に女性だと、やけに目が良くて視える人間もたまにはいる」

あっさりとそう言われて肩透かしをくらった。

「黒い影は薄いものだと害もないから大丈夫だ。何をしてくることもないし、何もできない。だが、目を合わせるなよ。黒い影に限らずだが、あやかしはだいたいが自分に気づいてくれる人間を探している」

目なんて、ないと思うのだけど……そう思ってまじまじと見つめていると、ふいに目がないはずのその影と目が合ったのがわかってぞっとした。

途端、黒い影がぶわっと広がるように濃さを増した。

「君に気づかれて大きくなったな……」

「え、えぇ……」

そして、黒い影はみるみるうちに、しっかりとした人間の輪郭を持った。体の周りを青黒い炎が靄のようにちりちりと包んでいて、両目はうろのような暗闇しかないが、うっすらと軍服のような衣服が視えてくる。

「軍人か……この近くに以前海軍の施設だったところがあるので、舞い戻ったのかもしれないな」

琥珀はあっけにとられて言葉を失っていた。

そして、瞬きして目を開けた時には軍人は二人のすぐ目の前にいた。

琥珀は息を吞んで御影を見て、とっさに庇うようにその前に出た。

「琥珀！」

気がつくと首を絞められていた。黒い影はすでにヒトと変わらない実在感を持ち、軍服からは煙のような匂いさえ感じられる。帽子の下の目は相変わらず暗闇しかないのに、ぐっと首を絞める手には生々しいまでの感触がある。

焼け焦げるような怒りが指先から伝わってくるように、強く感じられる。

この影は怒っている。何に怒っているのかも忘れたまま、強い無念で怒りを燃やしている。感情を直接心にぶつけられているかのような衝撃だった。

苦しくなってぎゅっと目を瞑ったその瞬間、怒りの感情の奥のほうに別の感情が見え隠れしている不思議な感覚があった。追いかけるように手繰っていくと、琥珀の脳裏に、妙な光景がチカチカと過った。

どこかの街。家の前だ。出征の見送りで沢山の人間が揃っていて、こちらを見ている。

小さな赤ん坊を胸に抱く、若い娘。娘の瞳は潤んでいる。娘も赤ん坊も、琥珀には見覚えがないが、この上なく愛おしい感情が胸の内に沸き起こる。

「俺はあやかしが嫌いなんだ」

いきなり御影の声がして、琥珀に流れ込んでいた映像も感情もぶつりと打ち切られる。

目を開けると、御影がすっと伸ばした人差し指と中指で空中に線を描いていく。

「臨・兵・闘・者・皆・陣・烈・在・前」

静かな声と美しい所作に見惚れたのは一瞬で、耳障りな悲鳴が響いて首元の圧迫感がふっとなくなった。

黒い影の手は手首からすっぱりと千切れて消えていた。

手を失った手首からは黒い霧が血のように噴出して、黒い影が悲鳴を上げている。

それは、声というよりは旧い扉が軋んで立てるかのような耳障りな音だったが、琥珀にはまぎれもない悲鳴だとわかった。男は痛みを感じ、もがき苦しんでいるように見えた。

御影の指の動きに合わせて黒い影の足が千切れて離れる。

続けて両の腕が千切れ、体は腹から真っ二つにぱかりと割れて、バラバラに分断され、千切れた部分は黒い煙を上げて消えていく。

そのたびに耳奥に残るような悲愴な悲鳴が立ち、琥珀のお腹のあたりをぎゅうっとさせる。

まだぎいぎいと悲鳴を上げ続けている残った頭部に、御影は手のひらをすっと向けた。

「滅せよ。急急如律令」

その瞬間、頭部が勢いよくぱんっと弾けた。

御影はそれを確認することもなく、琥珀を振り返った。

「琥珀、大丈夫か。怪我は」

琥珀はあっけにとられたまま、立ちつくしていた。

「御影さま、いつも……あんな感じに祓ってらっしゃるんですか」

「ああ」

琥珀は何だか御影をまっすぐ見られなかった。さきほど黒い影に触れた時に見えた光景、その感情は憎悪だけではなかった。その、ゆらぎのようなものを強い力で消し去ってしまった御影の容赦のなさに恐怖を感じた。御影の顔が見えない角度だったこともあって、余計にそう感じてしまった。

「その……容赦ないですね……」

「君は、殺されかけたくせに何を言っているんだ」

その言葉にびっくりして背筋がぞくりと寒くなった。

「あやかしは隙を見せると増長して取り込もうとしてくる。容赦は命取りだ」

「で、でも……さっきのは、何かあって、ああなってしまっただけで、ヒト……なんですよね？」

「琥珀……あやかしに情けをかけるなよ。そういう奴が格好の餌食となるんだ」

御影はやけに突き放したようにきっぱりと言い切るが、妙な違和感を覚えてしまう。

きっと、琥珀が無意識に思っている彼と違うのだ。琥珀は彼と会ったばかりだけれど、昔の彼と違うことだけはわかる。先代である父親が亡くなってすさんでしまったということだから、その時からなのだろうか。

「……それより、さっきのは何だ？」

御影が低い声を出して、ぼんやりしていた琥珀は弾かれたように顔を上げる。

「え？」

「何故前に出た。まさか、俺を庇おうとしたのか？」

琥珀の予想外なことに、御影はいつにない剣幕で静かに怒っていた。

「ごめんなさい。その……わ、わたしはただ……」

「何だ」

「……御影さまをお護りしたくて……」

冷静になれば、ただの女学生が陰陽師を幽鬼から庇おうとするなんて愚かにもほどがある。相手がヒトでも化物でも、琥珀に御影を護れるはずがない。

なのに、何故だか体が先に動いてしまった。

「迷惑だ」

「はい……」

率直にきつく言われ、琥珀はションボリと項垂れた。

そこからすっかり黙り込んで、ずいぶんと長い間、会話はなかった。

御影は琥珀の少し後ろをずっと歩いていた。琥珀はただ、道案内をする猫のように、時折振り返って御影を確認していた。何度か話しかけようとしたが、結局それができないまま、気まずい感じで家の近くについてしまった。

「家はあそこです」

「ああ」

そっけなく踵を返そうとした御影の袖を摑《つか》む。

「御影さま」

「……何だ」

「わたし、また行ってもいいですか？」

聞いてからもう少し身を寄せ、表情を覗き込む。

御影は無表情でしばらく黙っていたが、ふいに眉根を寄せて言う。

「うちの猫達は警戒心が強く、なかなかヒトに懐かない。だから……」

「はい」

「……助かっている」

御影はそれだけ言うと、別れの挨拶もせずに戻っていった。

琥珀は家に入ると急いで二階の窓を開け、御影の背中が見えなくなるまで目で追った。

黒い影に触れられた時にあんな光景が視えたのは、何故だろう。もしかしたら皆同じように視える可能性はあったが、御影に聞く気にはなれなかった。

何となく、自分でわかっていたからだ。

琥珀は今はヒトで、記憶はないが、元は猫又だ。ヒトとあやかしの境目にいる存在として、黒い影に感応しやすい何かがあったのだろう。

とはいえ以前はこんなことはなかった。四季島の家に行ったことが影響し、前世の記憶が刺激されて、自分の猫又の性が強くなっていっているのだろうか。

そして、琥珀はあの時自分で口に出した言葉が、心にしっくりと嵌《はま》ったことに驚いていた。

——そうだ。わたしは、御影さまをお護りしたかった。

何度考えても琥珀が御影を護ることなど、できっこないように思える。

それでも、胸の奥には使命のようにその感情が強く静かに呼吸していた。

第二章
陰陽師の仕事

久しぶりにまた、あの夢を見た。

不思議な屋敷――四季島家で暮らす夢だ。

夢はいつも場面がまばらに散っていて、わたしは庭の木の上にいたかと思うと、次の瞬間には屋敷の中にいたりもする。

庭が臨める廊下の端にいるわたしの隣に、小さな男の子が当たり前のように座っている。

心がぎゅうとなり、強い感覚で塗られていく。

わたしは――この人をお護りしなくては。

目を開けると、慣れ親しんだ洋館の天井があった。


いいお天気の日曜に、琥珀は朝から四季島の屋敷に向かっていた。

勿論御影に会いたいがためもあるが、会えなくてもあの屋敷は居心地がいい。

静かでどこか懐かしくて、ずっと帰れていなかった家にやっと帰ってきたような充足感がある。

着いてすぐ、小梅に歓迎された。猫の巣である萩のトンネルの前に行くと、猫達が集まってくる。

小梅が言っていたように、猫達はもらい手のつきにくい警戒心の強い子ばかりのようで、それぞれに特徴がある。

白黒のハチワレの政宗は片目を怪我しているし、サバトラの満福は痩せぎすで食べない。反対に灰猫の雷電《らいでん》は見たことがないほどの肥満体だ。白猫の芳一《ほういち》は片耳が齧られたように欠けている。纏めて生まれたらしい四姉弟の壱子《いちこ》、二胡《にこ》、三太《さんた》、四太《よんた》は皆元気いっぱいで、離されるのを嫌がる。

先代の頃からいた猫達のほかにも、近所の人が連れてきてしまったらしい悪戯好きな仔猫の小判がいた。

琥珀の目の前で、でっぷりと太った雷電が腹を出して背中を地面に擦りつけていた。

「ん？　あなた蚤《のみ》がいるじゃない」

見つけてしまっては仕方ない。幸い天気は良かった。琥珀は小梅に言って大きめのタライを借りてそれに水を張り、洗いにかかった。

猫の腹。猫の背中。猫の尻尾。一匹ずつ順番にわしゃわしゃと洗っていく。嫌そうに身を捩《よじ》る子、タライから脱走しようとする子もいたが、大抵は琥珀がすごむと素直に洗わせてくれた。

「芳一、どこ行くの！　体洗うよ」

ふいと逃げようとしていた猫を捕まえる。この子は最初耳が不自由だと聞いていたが、「ご飯だよ」の声には一番に反応するので、猫らしく都合の悪いことを全て無視していただけだと最近わかった。

――ドン。

琥珀が全員を洗い終えた頃、正午を知らせる午砲の音がした。もうお昼か、そう思って琥珀は空を見上げる。

縁側では一仕事終えた源造が昼食のおにぎりを食べていた。

今日は小梅が琥珀の分も作ってくれたので、琥珀も隣に行き一緒に食べることにした。御影は食にこだわりがなく、同じものを自室で食べているらしい。

源造は猫達を眺めて機嫌良く言う。

「猫はよう、みィんな可愛いじゃあねぇか……スラッとした脚の長《なげ》ぇ猫も、短足な猫も良い！　尾が長ぇのも短《みじけ》ぇのも、ちんまりしたのもでっぷり肥えたのも、優雅に毛が長ぇのも、さっぱりと短い猫もまた良い！　年食った長老みてぇな風格ある猫も良いし、若くてやんちゃなさかりの猫も良い！　琥珀、おめェもそう思わねぇか？」

「はぁ……そうですねぇ」

琥珀は猫族に対して、うまが合うと思うし好きだ。困っていれば放っておけない。

けれど、それは可愛くて愛でたいというよりは、近しい家族に抱く親愛のような感情で、ほかの猫好きの持つそれとは少し違っていた。

琥珀は猫達をしみじみ見てから手を合わせ、おにぎりにかぶりついた。

小梅の作るものは簡素だがとても美味しい。おにぎりには種を抜いた梅干しが入っていて、風味の良い浅草海苔が巻いてあった。傍には菜の漬物も添えてある。琥珀が一つ食べ終わる前に、源造は三つ食べていた。もくもくと味わいながら考える。

この屋敷が夢で見ていた屋敷なのは間違いないけれど、だからといってほかに何も思い出せない。そんな状態が続いていた。

庭は一通り見たし、屋敷内に入る機会もあったけれど、どことなく懐かしいだけで、新しく何かを思い出すこともなかった。

屋敷には昔からずっと猫が飼われていたと聞いたが、猫の寿命はそこまで長くない。だから勿論十六年前からここにいた猫はいないだろう。

そう思ってから琥珀は源造を見た。そういえば、このヒトは琥珀の夢の記憶にはいないものの、その頃の屋敷にいたはずだ。まだ幼かった御影と違って、色々な記憶もしっかりとあるだろう。

「……源さんは昔からここで働いていたんですよね。御影さまは昔から猫がお嫌いなんですか？」

琥珀の言葉に源造は庭を向いたまま首を横に振って言う。

「いんや、坊ちゃんには、昔は、そりゃあ仲の良い猫がいたんだよ」

「えっ」

「まぁ、坊ちゃんも小せぇ頃でろくに覚えちゃいねえかもしれねえが、あの猫は坊ちゃんによく懐いてたな。いっつも一緒にいたし、ヒトにわかんねえ会話までしてるみてえだったよ」

話を聞いていると胸がざわざわする。御影が昔仲良くしていた猫、それはほかでもなく、きっと自分のことだ。そんな確信があった。

「ど、どんな猫でしたか?」

源造は手元のお茶をずずと飲んでから「んー?」と言ってこちらを向いた。

「アレは今いる奴らみてぇに警戒心の強《つえ》ぇ猫じゃあなかったが、いつも坊ちゃんにベッタリだったなぁ……亡くなった奥方ならもう少し知ってただろうが……」

「じゃあ何も覚えてませんか?」

「覚えてるも何も……ただの猫だよ。あそこにいる奴らとおンなじだよ」

「そうですか」

「でもな、坊ちゃんにとってはまちげえなく特別な猫だよ。ヒトと同じでよ、何か変わってるからってんじゃなく、テメェが関わったから特別になんだろう?」

「…………」

「奥方が死んで、猫もどっかに消えちまって、厳しかった旦那さんが亡くなって……坊ちゃんはすっかりすさんじまったけど……猫じゃなくてもああいう友達がずっといたら、ちったぁ違ったかもなぁ……」


ピィ。

庭にやってきていた鳥の声が響く。

午後二時を回ったが、琥珀は縁側の廊下の一番奥で、ぼんやりと庭を眺めていた。

自分以外にも小梅や源造、御影もそれぞれ敷地のどこかにいるはずだが、その気配はなく、静かな午後だった。

立ち上がって居間に行くと、座卓に御影が読んでいる書物が数冊置いてあった。

本好きとして、興味があるヒトの好きな本が気にならないはずはない。そっと近寄ってぺらりと捲ってみたが、一冊には古い江戸言葉が書かれ、もう一冊には梵字《ぼんじ》らしき文字があり、もう一冊は漢語らしき文字で書かれていた。統一性がなさすぎるし、そもそも何の本だかさっぱりわからない。

一冊だけ、英語で書かれた天文の専門書があるのはわかった。何故わかったかというと、父の蔵書と同じものだったからだ。

先日御影が、四季島家は悪鬼祓いを主とする以前は占いや天文、暦や時間、建築の際の地相に関わる仕事が多かったと言っていたから、全て仕事に関わる本なのだろうか。そうでなければ一体どういう嗜好なのかさっぱりわからない。

琥珀は中途に捲っていた本から手を離し、また縁側に戻って腰かけた。

じゃれ合う二匹の猫の動きを目で追っていて、ふと、先日清門に言われたことを思い出した。

『中泉。お前は屋敷に来たばかりなのに……何故縁の下に猫の溜まり場があるなどと知っていたんだ？』

御影はそこに行く猫を見て知ったんだろうと言ったが、琥珀は見ていなかった。ただ、当たり前のように知っていた。

そして、それだけではなく、部屋数の多い屋敷で、琥珀は御影の部屋のある場所も、誰に教わるでもなく知っていた。

思い出すことはなくとも、知っていることは幾つもある。やはり、自分はここで暮らしていたのだ。

静寂の中、屋敷の玄関扉が開く音がした。

四季島の屋敷は広いが、琥珀は耳が良い。いつの間にか膝にどしんとのっていた雷電と、背中によじ登っていた小判を下ろしてそちらに向かった。

御影が黒い狩衣に袴姿の、仕事に出かける格好で外に出てきたところだった。

その姿を見て、また胸がざわついた。

やっぱり、御影は琥珀にとって、とても特別な存在なのだ。何も思い出せなくとも
それだけはわかる。こんなにも胸が締めつけられる気持ちになる御影との記憶を思い
出すには、彼自身ともっと仲良くなるしかない。

「御影さま、お仕事に行かれるのですか？」

御影は琥珀のほうに視線をやり、黙ったまま雑に頷いた。この上なくかったるそう
なのに、そんな仕草すら、けだるげな色気がある。

「お忙しいんですね」

「いや、以前は片っ端から依頼を受けていたが……今はそうでもない。週に二件程度
だ。仕事に出る以外の調べもので時間を食っていることのほうが多い」

「あれ？　今日はあの嫌な助手の男はいないんですか？」

「素直な奴だな……」

「御影さまに言われたくないです」

「清門なら足を怪我して、しばらくは来られないようだ」

「お怪我をされたんですか？」

「あいつの家も一応陰陽師だが……今はあいつしか祓える奴はいない上、力は弱い。

身に余る案件を受ければ怪我をすることもある。命が無事だっただけマシだろう」

御影は平然と言う。けれど、その言葉を聞いたら不安になった。

「……では、今日はお一人で行かれるのですか」

「ああ」

「そっ、それならば、わたしがお供します！」

急に心配になってしまい、思わずそう口にしていた。

御影はおよそ表情といえるものが何も浮かんでいない顔で短く「何故？」と言った。

相変わらず冷たい。しかし、それでも御影を護りたいような感覚だけはあとからあとから湧いてくる。

「ええと……何かお役に立つかも」

御影はあくびを一つした。

「必要ない。元々清門から仕事を見せてくれと乞われてつけていただけで、俺一人で十分だからな」

「そうしたらわたしも見てみたいです……見識を広げるために、ぜひ……」

「断る」

そっけなく言って行こうとした御影の狩衣の端をがしっと摑む。

「あの男に助手ができるならわたしにだってできます！　連れていってくれるまで離

しません！」

あまりに幼稚な行動に御影は唖然とした顔で琥珀を見た。

それは、珍種の生き物を見る目であった。

琥珀自身、自分の行動にびっくりしていた。自分はこんな我儘を言う子ではなかったはずだ。この屋敷や御影に関わることとなると、だいぶ大胆になっている自覚がある。自分自身に軽く混乱しながらも、もうあとには引けない状態になっていた。

どれくらいその状態で膠着していただろうか。御影は琥珀の目をじっと見ていたが、ふいにため息を吐く。

「……わかった。まぁ、すぐ近くだし……そう危険な案件でもないし、良いだろう」

御影は面倒になったのか、呆れた顔であっさりと頷いた。

「わあ！　ありがとうございます。頑張ります」

「君が頑張ることは何もない。大人しくしていろ」

「で、では……楽しみです」

「楽しむ類のものでもない」

「はい！」

ホッとして浮かれる琥珀に御影は冷静な瞳を向けて言う。

「だが、妙な動きだけは絶対にするなよ」

「妙な動きって何ですか？　わたしが何をするっていうんですか？」

清門が言いそうなことを御影まで言うものだからムッとした。

「どさくさ紛れに金目のものを盗むとでもいうんですか？　確かにわたしはここでお賃金いただいて猫のお世話をしてますけど、お金に困ってはいません」

御影は目を細めて何ともいえない顔をしていた。

「違う。先日のように、危険な時に俺を庇ったりだとか……そんな動きだ」

「そ……それですか？」

「それ以外あるか。俺はな……君のような女学生に護られるほど無能でも貧弱でもないんだ。わかるか？」

「わ、わかります……！　格好良くて気絶しそうになるので、それ以上お顔を近づけるのはお止《よ》しください」

「俺はふざけて言っているわけではないんだが……」

「わたしだって大真面目に言ってます！」


御影と揃って四季島家の冠木門を出た。

六月だというのに、このところ雨があまり降っていない。道は太陽に照らされ、むわっとした熱気すら感じられる。出歩くのに適した気候とは言いがたかったが、それでも、琥珀はちょっとしたお出かけ気分を味わっていた。

「今日はどこに行くのですか？」

「麻布《あざぶ》区の廣尾《ひろお》町にある元武家屋敷だ。昔は五万石の武家屋敷として七十人ほどの人間が暮らしていたが、明治維新で政府のものとなり、今は化学研究所となった」

御影は歩きながら仕事の内容を説明してくれる。

「その化学研究所に二年ほど前に赴任したという、花岡《はなおか》という男が、先日うちに相談に来た」

「お仕事のご依頼ということですね」

御影は黙って頷く。

「彼は研究員の中ではまだ若く、独り身なのもあって、熱中すると泊まり込んでしまうことがよくあるらしいんだが……」

誰もいないのに夜中に誰かが廊下をトタトタ歩く音がしたり、ふと見ると見知らぬ子どもが庭の石に腰かけていたり、そんなことがたびたびあった。

気になって周りに聞いてみたら、同様のことは以前からほかの研究員も目や耳にしていたことがわかったという。

「そんなことが起きているのに、それまで誰も気にしなかったのですか？」

「まぁ、そこで働いているのは化学者だからな……」

「非科学的なものは気にしないということですか？」

「そういうわけじゃないが……彼が言うには、子どもがたまに出るからといって害があるわけでなしと、座敷童のような扱いで放っておいたそうだ。それでなくとも化学者達は皆研究に夢中なので、それを阻害されなければ大抵のことは気にしない」

「あぁ……」

琥珀は天文学者である父を思い出して納得してしまった。

およそ学者や研究者に類する人には変わり者が多く、目の前のことに夢中になると寝食を忘れ、細かいことは気にしない。劉生も思考に熱中すると家の中をブツブツ言いながら歩き回り、しょっちゅう壁にぶつかるし、ふと見ると何故か琥珀のかんざしで果物を刺して食べていたりする。しかも本人は気づいていない。八重子に呆れた顔でしかられていることもある。思い出して口元がほころんだ。

「あ、すみません。それで……長らく放置していたのに、何故急に御影さまのところに相談に来られたんですか？」

「最近になって急に、子どもの声を聞いたという者が続出した」

「子どもは、何と言ってるんですか」

「『やめて、やめて』と言ってるらしい」

「……ひっ」

一気に怖い感じになったので琥珀は小さく悲鳴を上げた。

「それで……ようやく調べてもらおうと話し合ってうちに来たようだ」

話しながら大黒《だいこく》坂を抜け、気がつくと麻布区へと入っていた。

麻布区は丘と谷が複雑に入り交じっている。高台には目立つ大邸宅が並んでいるが、谷のほうには長屋や庶民の家などがあり、下町風情が広がっている。

それを横目に見ながら、琥珀は息を切らせて南部《なんぶ》坂を上っていた。

大黒坂、仙台《せんだい》坂、南部坂と、今日だけで沢山坂を上っている。

琥珀は額からダラダラと汗を流していた。

「御影さま、この坂長くないですか……？」

こんな気候でこんな坂を上っているというのに、御影は息も切らさず、汗一つかいていないように見える。何か呪術でも使っているのではないかと訝しみたくなってくる。

「……御影さまは暑くないのですか？」

「暑いに決まっているだろ」

ちゃんと暑さを感じていることに安堵してまた坂を上る。

長くて険しい南部坂を越えるとようやく廣尾町へと入った。

しかし、そこからもしばらく坂を上がり、少し下ったと思ったらまた上がりを繰り返していた。

道は入り組んでいたが、御影は迷いのない足取りで進んでいく。

急勾配の坂を上りきり、ようやく大きな屋敷が現れた時には琥珀はグッタリしていた。

「ここ……ですか？」

門の中を覗き込んで見回す。

茶室があったのであろう一部の離れなどはコンクリートで建て替えられていたが、大部分はそのまま使っているようで、武家屋敷の面影は十分にあった。

敷地に入ると白衣を着た男性がちょうど建物から出てきて、こちらに気づいて会釈した。

丸い眼鏡をかけた人の良さそうなその男性は、普通にしていても笑っているような人相だった。

「どうもどうも四季島さん。本日はご足労ありがとうございます」

にこにこしながら挨拶されたのに、御影は表情一つ変えず「あぁ」と横柄に答えただけであった。お客である依頼人にもブレずに無愛想だ。

「そちらのお嬢さんは……」

「初めまして……助手の中泉琥珀です」

深々とお辞儀をした琥珀に、微笑んだ男性が同じように礼をしてくれた。

「どうもどうも、廣尾化学研究所の花岡です」

にこにこしながら挨拶をした花岡は汗っかきのようで、ハンカチを手に、しきりに汗を拭っている。

「いやあ、今日は良いお天気ですね。中で冷たいお茶でもいかがですか」

「あ、喉カラカラです……」

坂にやられた琥珀が正直に言うと、花岡は「あの坂はなかなかですよねえ」と笑って案内してくれた。

研究所の応接室に通され、花岡が番茶を出してくれた。

花岡が座るとすぐに御影が口を開く。

「子どもの霊についてだが、文政十年に幕府に提出された『文政町方書上《ぶんせいまちかたかきあげ》』に、この武家屋敷について関連のありそうな記載があった」

「どんな記載ですか？」

「当時、この屋敷に出入りしていた女性の子どもが、こつぜんと消えたということだ」

御影が続けて言うところによると、この女性は商人のふりをして武家屋敷を出入りして春を売る提重《さげじゅう》、いわゆる私娼で、母親と共に屋敷に出入りしていた子どもは生まれつき目が見えなかった。

子は利発で、子どもながらなかなかに笛がうまく、それを周囲の大人に披露したりしていつも敷地内で母親の商売が終わるのを待っていた。

しかし、ある日、母親が商売を終えて迎えにいったが、そこには彼の笛だけがぽつんと落ちていて、子どもはそれきり姿を消してしまった。

残された母親は屋敷内は勿論、その外でも、子どもの名前を呼びながら半狂乱で捜し回った。草履がぼろぼろになり、泥に汚れた足から血が滲もうとも、雨の中でも、何日も寝ずに捜し続けた。

「母親がその子を呼んで捜し回る悲愴な声は連日多くの町人達が聞いていた。心配した周囲がやんわりと止めても、子の名前を呼ぶばかりで、捜すのをやめようとはしなかったそうだ」

「……結局、何があったのかはわからないんですか？」

「いや、人の口に戸は立てられない。町人達の間では正室との密会を見られたと思い込んだ江戸留守居役が子どもを斬り殺し、母親が何度聞いても知らぬ存ぜぬで通したのだと、不穏な噂が流れていた」

「え、でも……目が不自由な子だったということは……見ていないわけですよね？」

琥珀の言葉に御影は答える。

「ああ……だが、有無を言わせず斬り殺せば、そんなことはわからない。武家屋敷は幕府の統制外で、中で起きたことは捜査ができない。揉み消されたんだろうな……」

「では、その時斬り殺された子どもの霊ということでしょうか」

花岡の言葉に御影が「おそらくは」と頷いた。

「何か変化があって悪霊化したんだろう」

「御影さま、霊にとっての変化って何ですか？」

「たとえばだが、自分を斬った人間と近しい者がここに来たりすれば、悪霊化するきっかけになる。元々強い恨みを持って死んだ霊は放っておくと危険だ」

花岡は御影の言葉を聞いて小さく身をすくめた。

「それは……祓っていただきたいですね」

一方、あたりを物珍しく見回していた琥珀は花岡に聞いた。

「ところで……ここは何の研究をしてるんですか？」

何故か御影が琥珀を横目で睨みつけた。花岡がニッコリと笑って喋り出す。

「はい！　この研究所では主に化学繊維の研究をしているんですけれどね、何が目的かと簡単に言いますと……たとえば今、天然素材に頼ることで生産品の数が絞られているものを、研究により新しい人工的な素材に置き換えることで、大量生産を可能にしたいのです。そうすることで便利なものが安価に一般にも届けられるようになります」

「へぇ」

花岡が目を輝かせながら言うそれは、琥珀にも素晴らしいことに感じられた。琥珀が素直に感心したので花岡は気を良くして続ける。

「うちでやっている研究が進めば今後日本は、今よりもっと発展しますよ！　海外から技術や論文もどんどん入ってきてますし……あ、先日興味深い論文があったのですよ……英国の……」

そうこうしているうちに花岡の話はだんだん専門用語が増えてきて、琥珀にはすっかり理解できなくなった。しかし、話は滑らかなまま途切れずに続いていて、終わる気配はない。先ほど御影に睨まれた理由がわかった。

「この技術はほかにも……たとえばですね、普段使ってらっしゃる……」

花岡は、子どものように目をキラキラさせ、身振り手振りを交えながら話し続けている。

「御影さま……わたし、少し外を探検してきて良いですか」

自分から気になって聞いたことだが、すっかり興味が失せて外に出たくなってしまった。琥珀には気分屋なところがある。

御影は呆れた顔をしたが、頷いてはくれた。

「あまりちょろちょろするなよ……」

「はい」

洋館育ちであり、通う女学校も洋風な琥珀は、四季島家ともまた少し違った造りの武家屋敷に興味津々だった。

屋敷の裏手に入ると、近所の子だろうか、二、三人の子ども達が敷地の端に入り込んで石蹴りをして遊んでいた。しかし、琥珀に気がつくと、遊びをやめた。

「わあ！　誰か来た！」

「見つかった！　逃げろ！」

子ども達は琥珀が来たことで、わぁっと騒いで逃げていった。楽しそうだ。微笑ましく見ていたが、ふと気がつくと七歳ぐらいの男児が一人だけ残っていて、俯いて立っていた。

「あれ？　どうしたの？　お友達行っちゃったよ」

男児はしばらく動かなかったが、近くで声をかけると顔を上げた。その体軀はほっそりとしていて顔色は青白い。

「大丈夫？　顔色悪いよ」

「ここんところ、ちょっと……苦しいんだ」

「え、具合悪くなっちゃったの？　お水でも持ってこようか？」

男児は黙って首を横に振る。

「おっかさんの仕事が終わって迎えにくるのを待ってんだ」

「あ、そうだったんだ」

そう答えた時、ふいに違和感を覚えた。

この男の子は、本当にさきほどの子らの仲間だろうか。

このあたりの子ども達はだいたい絣の筒袖の着物を着ていることが多い。この子の着物はもう少し古いものに見えた。

斬られた子どもは屋敷内で母親を待っていたと聞いている。目の前にいる子がヒトではないことに気づいて、琥珀はじわりと汗をかいた。

『何か変化があって悪霊化したんだろう』

御影の言っていたことを思い出し、何かあったらすぐ逃げられるように、そっとあとずさりながら聞く。

「お母さまは……どんな方なの？」

目の前の男児は口を開き、琥珀とは違う方向を見ながら答えた。

「おれのおっかさんはね、優しくて……いつもおれのために忙しく物売りの仕事をしてる」

琥珀は逃げようとする足を止めた。その声は柔らかで、怨念や恨みを持っているようには思えなかった。ふと、男児が手に何か握っているのを見つける。

「それ……櫛？」

「うん、おれが笛吹くと、みんな上手だって、感心してこづかいをくれる。それを貯めて……櫛を買ったんだ。おっかさん、いつも忙しくて、きっと髪を梳く暇もないから……びっくりするかな。早く渡したい」

男児は、ふわりと笑った。その顔に釘付けになる。

ふと、黒い影に触れた時のことを思い出し、男児の目の前にしゃがみ込んだ。

恐怖を呑み込みながらそっと手を伸ばして、小さな手に触れる。

黒い影の時のように一瞬の映像は見えはしなかったが、耳に反響するような声がわんわんと頭に流れ込んできた。

——ご家老が……

——ほんに、良いお天気……

——りゃあ、いけねぇなぁ……

いろんな人間の声の一部が交じり合い、渦を巻いている。

——終わったらすぐ迎えにくるから利口にして待ってんだよ。

そんな中、母親の声だろう。その声は甘く優しく響いた。

——小僧、見おったな。

そしてこれは、男の怒号だ。彼が最期に聞いたかもしれない声。そこに女の叫び声も続き、音は混沌と交ざり合っていく。不穏な音の波に、琥珀はざわざわと肌が粟立つのを感じて、ぎゅっと目を瞑った。

しばらく琥珀は、自分がしゃがみ込んだまま呆然としていることに気がつかなかった。

「琥珀、こんなところにいたのか……あまりうろちょろするなと言っただろう」

見ると、呆れ顔の御影が琥珀のほうに歩いてきていた。

「御影さま、花岡さんは？」

「話の途中で研究のことでほかの人間が呼びにきて……うずうずしているようだったからひとまずそちらに行かせた」

「本当に研究に夢中なんですね……」

何も自分が呼んだ客人が来てる最中に行かなくてもと思わなくはないが、父の顔が浮かんでむしろ納得してしまった。

「あ、御影さま、今ここに男の子が……あれ？　さっきまでは」

　男児がいた場所には誰もいなかった。

「昼は見つけにくいんだがな……君は本当に感覚が鋭いのかもしれないな……」

「御影さま、子どもの霊を見つけたら、どうするんですか」

「どうもこうもない。祓うだけだ」

　御影は吐き捨てるように言う。

　御影はそのために呼ばれたのだからそうなるだろう。けれど、琥珀は御影が黒い影を祓っていた時の様子を思い出して、不安な気持ちになった。

「でも、御影さま……ここにいた子どもは何も知らずに死んだ憐れな子です。誰かを恨んだりしていなくて……もしかしたら自分が死んだことにも気づいていなくて……ただ、この場所でずっと、お母さまの迎えを待ち続けているだけなんです」

「……話したのか？　危険なことはするな」

「危険な子なんかじゃないんです！」

　思わず大きな声を出してしまい、琥珀は落ち着くように口元を引き結んだ。

「その……悪いことをしていない霊を無理に祓う必要はあるんでしょうか……」

「被害が出てからじゃ遅いからな。それに、俺は依頼を受けている」

「でも、相手は子どもですよ。花岡さん達だって、言えばわかってくれるかもしれません」

「子どもの姿だろうが、人を殺める悪霊は沢山いるんだ。穏やかに見えても突然豹変することだってある」

「そんなこと……ないと思うんです。やめてって言うのも、何か理由があって……」

あの子の魂は優しくて無垢なもので、子どもらしい情愛に満ちていた。

けれど、どうしてやればいいのかわからない。琥珀は元猫又で、それに触れることはできても、ただの女学生だった。

「御影さま、あの子、最近苦しいんだって言ってました。でも、誰かを恨む感じじゃなかったんです。わたし、何とかしてあげたくて……でも、どうしたら良いのかわからないんです」

御影は琥珀の必死な目をじっと見て、少しの間何かを考えていたが、やがて、地面を見てため息を吐いた。

「わかった。君の意見に倣って、今回はいつものように祓うのはよそう」

「あ、ありがとうございます！」

御影はさっさと歩き出した。

しかし、建物の中には入らず、そのまま庭を移動して竹の群生してる場所で立ち止まった。

「何をしてるんですか？　花岡さんのところには……」

「まあ待て。俺は陰陽師として依頼を受けている。それに、子どもの霊は何か変化があって苦しがっているのだから、このままにしてはおけないだろう」

「それは……そうですけど、どうするんですか」

「式神を使う」

「シキガミさん……ですか？」

「人の名前じゃない。式神は陰陽師が使役するものだ。四季島の陰陽では、陰陽師自身の霊力を具現化させるもの、樹木などに宿る精霊の力を一時的に呼び出すものがある」

そう言って御影は竹の葉を一枚千切り取った。

「さて……始めるぞ」

御影が異国の言葉のような咒文《じゅもん》を短く唱え、竹の葉にそっと唇をつけると、それは彼の手のひらの上でふわふわとした小さな白兎の姿となった。

小さく口を開け、そのさまを見ていた琥珀に御影が説明をしてくれる。

「竹は長く根を伸ばすからな。この屋敷の下にも根が伸びているだろう。竹の葉を式札として竹の精霊の一部を具現化させた」

「はい、そうなんですね」

琥珀は感心したように呟いたが、実際はよくわからずにぼうっとしていた。

竹の葉に唇をつける御影に見惚れていたのだ。何だか、彼に優しく口づけられる竹の葉が羨ましいような気が……琥珀はそこまで思って首を横に振る。竹の葉が羨ましいって何だ。相手は植物だ。

御影が竹の葉を次々と小さな兎に変えていく。兎は四方八方に駆けていった。

「わぁ……綺麗ですね」

午後の陽光は傾いてきていた。あわく赤い光に照らされた雪のような兎が、御影の手のひらから無数に散らばっていく。

そのさまは幻想的で、琥珀は声を上げてはしゃいだ。

御影が呆れた声で釘をさす。

「琥珀、ほかの人には見えてないことを忘れるなよ」

「はあい」

御影は近くの石の腰かけに腰を下ろした。

屋敷の庭には涼やかな風が吹いていて、穏やかだった。百年前も同じような光景がここにあったのだろうか。琥珀は想像した。

しばらくして、御影が突然立ち上がった。

「やはり、あったな」

「え？　あ、御影さま、どこへ」

慌てて追いかけると屋敷の奥の松の木の根の前で止まった。

「ここだ」

「え？　何がですか」

「琥珀、花岡さんを呼んできてくれ。土を掘る道具と、あともう一人くらい一緒に」

「わ、わかりました……」

琥珀が急いで研究所の建物に戻って捜すと、花岡はほかの研究員と熱心に仕事の話をしていた。相変わらず専門用語が飛んでいる。

「あのー……」

熱心に話していて、なかなか気づいてもらえない。すうと息を吸って大声を出した。

「すみません！」

「あ、中泉さん……どうかされたんですか」

「ちょっと来てほしいんです」

言われた通りに連れていくと、そこで待っていた御影が言う。

「ここを掘ってみてくれ」

研究員達がそこを掘り返し、しばらくして小さな悲鳴を上げた。

覗き込んだ琥珀も「びにゃあぁ」とあられもない悲鳴を上げ、のけぞって御影の背後に隠れた。

小さな子どもの骸骨が出てきたのだ。

御影は落ち着きはらっている。

「こちらをすぐに母親と一緒に埋葬してやってくれ。そうすればもうおかしなことは起こらない……ん？　何か持っているな」

御影の言葉に琥珀は息を整え、御影の背後から再びおそるおそる覗き込んだ。

子どもの骨が固く握りしめているそれは、この年齢の男児には似つかわしくない女性ものの櫛だった。それを見たら胸がぎゅっと苦しくなった。

「御影さま。これは、この子から、お母さまへの贈り物です」

「なら、この櫛も、必ず一緒に入れてやってくれ」

御影は琥珀の言い分を聞いて、平和的に弔ってくれるように考えてくれた。安心して、涙がじわりと込み上げた。

安堵する琥珀の横で花岡が首を捻る。

「しかし……やめて、というのは、何だったんでしょう」

御影は子の埋まっていた周囲を見回し、口を開いた。

「何か苦しがっていたようだが……このあたりの木が何本か枯れているのに心当たりは？」

「……気づきませんでした」

花岡はハッとした顔で枯れた木に視線をやった。

「この位置だと……もしかしたら研究で使用した化学物質を廃棄した折に土壌が汚染されたのかもしれません」

花岡は決まりの悪い顔で隣の研究員と顔を見合わせた。御影が言う。

「なるほど。土が汚れ、眠りを阻害されたんだろう」

花岡はそれを聞いて、何ともいえない顔をした。

「……我々は化学者として日々発展を目指し、ただただ邁進していましたが、それが付近の木や土や水などに与える影響なども、もう少し考えたほうが良さそうですね……」

それから、研究所からも騒ぎを聞きつけた研究員達がわらわらと出てきて、御影に指示された通りに、各所への連絡と埋葬の手配が進められた。

「俺の仕事は済んだ。帰ろう」

「はい」

琥珀は御影と共にその場をあとにした。

門を出る前に着物の背をくいとひっぱられるような感覚を感じて、振り向くと、そこに男児がいた。

「ありがと」

男児は嬉しそうに笑って、走っていってしまい、瞬きの合間にその姿はもう消えていた。

「今度はちゃんと、お母さまと同じ場所で眠れると良いですね……」

御影は少しぽかんとした顔で男児の走っていったほうをぼんやりと見ていたが、琥珀の声に、こちらを見た。

「わたし……死んだあともまた会いたいと願う相手は、きっと自分を大切にしてくれた人だと思うんです。あの子は……とても大切にされていたんですね」

御影はまたしばらく、男児の走っていった方向をじっと見ていたが、やがて息を吐いて「そうだな」と短く言った。

第三章

寒い家

梅雨の時季だというのに、ここ二週間ほど、あまり雨が降っていない。

たまに降っても夜中のうちにすぐにやんでしまう。とても暑い日が続いていた。

琥珀は西陽に照らされながら汗だくで自転車を漕ぎ、四季島邸にたどり着いた。

もうあと数時間で陽は沈むというのに、陽射しの強さはまだ弱まる気配がない。むせかえるような熱気に、いつの間にか完全なる夏の到来を感じる。

台所に行くと小梅が竈《かまど》の前で奮闘していた。

「こんにちは。小梅さん、竈のお掃除ですか？」

「ええ。この辺は瓦斯《ガス》が通っているのに……このお屋敷も瓦斯にしてくれたら楽なんですけどねぇ」

ぼやいてから猫の餌ののった椀を琥珀に渡してくれる。

「はい、今日のご飯……あら、琥珀ちゃん、汗だくね」

「猫の世話より、移動に体力を持ってかれてます……」

女学校は自転車は禁止だ。だから琥珀は授業後、女学校から家まで徒歩二十分かけて戻っている。自宅から自転車を四十分ほど漕いで、到着するのが午後三時過ぎだ。

猫の世話を面倒だと思ったことはないし、御影にも会いたいが、せめてもう少しだけ四季島邸が近ければと思わない日はない。

「よしよし……最近は特に暑いからねぇ」

小梅が頭を撫でてくれた。撫でられるとつい目を細めてうっとりしてしまう。

「明日あたり雨が降らないかしらねぇ」

小梅はそう言って水を渡してくれた。それを一息で飲み干した琥珀は無言で首を横に振る。

「え？　降らないの？　何でわかるの？」

「何となくの空気の湿りけとかの勘で……私の天気予報、結構当たるんですよ……明日はまだまだ晴れでしょう」

琥珀が真面目くさった調子で言うと小梅がふふっと笑う。

「琥珀ちゃんたら、本当に猫みたいねえ」

「猫じゃないです。予報士です！　あー、本当に暑いです。御影さま、屋敷が涼しくなる術とか使えませんかね」

「御影さまはきっとご自分にだけは使ってらっしゃるわよね。いつも汗一つかいてないもの」

「ですよね……」

涼しくなる術じゃなくても良い。瞬間移動させる術とかで家まで送ってほしい。益体もないことを考えながら、猫の餌を持って外に出た。

猫の巣である萩のトンネルの中は意外と涼しい。

猫達も暑いのか、出ようとしない。特に太った雷電は暑さがこたえるのか、壁を背にして人間みたいな座り方のまま固まっている。石像のようにぴくりとも動かないが、ご飯を見た瞬間にちゃんと動き出すのが面白い。

全員が食べ終えるのを見届けてから片付けをした。糞の掃除をしていると猫がじゃれてくるので時々片手で相手をしながらのんびり掃除をする。

「琥珀ちゃん、今日はもう帰るね」

小梅が帰りがけに挨拶に寄ってくれた。

小梅は曜日によっては琥珀と入れ替わりで帰っていく。琥珀のおかげでやりたかった習い事ができるようになったと喜んでいた。

「そうそう、さっき思い出したんだけど、涼しい家があるらしいわよ」

「何ですかそれは」

「うちのご近所さんの知り合いの家なんだけどね、住んでる屋敷がここ最近寒いって言っていて」

「寒いんですか……？」

「ええ、日に日に暑くなっているのに、敷地の中だけどうにも寒い。使用人達も皆厚手を着込んで働いているんですって」

こんなに暑いのに、敷地の中は涼しいのか、良いことではないか。つい、そう思ってしまう。

「最初は職人を呼んだらしいんだけど、えらく薄気味悪がって、化物でも取り憑いたんじゃないかと言って帰ってしまったって……幽鬼が出たわけではないけど、理由もわからずとにかく不気味だから、一度うちの先生に見にきてほしいって言われて、先日御影さまにお伝えしたところだったの」

「そのお屋敷、どの辺にあるんですか」

「麴町区の番町のあたりよ」

「え、わたしの女学校もそのあたりです。っていうか、帰り道です」

猫の世話を終え、門に向かっていると、御影が仕事に行く狩衣姿で玄関から出てきたところだった。今日は群青色だった。

「御影さま、これからお仕事なんですか？　どこまで行かれるんですか」

御影は眉間にわずかに皺を寄せ、うわ、見つかったという顔をしたけれども、ため息を吐いてから答えてくれる。

「……麴町区番町にある屋敷だ」

「やっぱり！　涼しい家に行くんですね！　ちょうど帰り道ですし、一緒に行っても良いですか？」

「断る」

「こんなに暑いのに……自分だけ涼みに行く気ですか！　一緒に行きます」

がっしりと袂を摑んで言うと、今日は早い段階で諦めてくれた。

「わかった。だが、おかしな動きは……」

「しません！　何かあったら御影さまを盾にして逃げます」

「それなら良いが……君も変わった奴だな。陰陽師の仕事なんて、つまらないものだというのに」

「つまらなくないです。それより、少し遠いですけど、市電で行くんですか？」

「そうだな。仕事に行く時は歩きが基本なんだが……」

「何でですか？」

何の気なしに聞くと、御影の顔が少しこわばった。

「……父の代の……しきたりですらない決まり事だ。どちらにしても、今日は時間がない」

「えっと、じゃあ今日はわたしも自転車置いていきます」

にこにこ顔の琥珀は仏頂面の御影の隣に並んで、門を出て歩き出す。

「どんなお屋敷なんですか？」

「明治に入ってから外国人技師の設計の基に建てられた洋館らしい」

　さほど古くない上に洋館とは、想像と違った。

「……それだとやっぱり、お化けとかじゃなさそうですね」

「どうだろうな。今は異国の文化と共にその国の化物も入ってきている」

「西洋のお化けってことですか？　もし、そうだったとして……それって日本の陰陽師の手に負えるんですか？」

「さあな。それは見てみないと何とも言えない。ただ、確かに異国の化物だと対処も変わる。陰陽師も昔の知識だけではやっていけなくなってきている」

　御影がいつも難しそうな専門書を、時には辞書を片手に読んでいるのは、知識を更新していくためなのかもしれない。


　麹町区番町は、明治維新のあとに幾つかの国の大使館ができたことで外国人が多く暮らしている。確か琥珀の女学校の英語教師もここに住んでいたはずだ。

　市電を降りて道を歩いていると教会の十字架が多く目に入る。いつも通学時に見ている風景だ。

　四季島家はずっと夢で見ていた屋敷な上、家から少し遠いのもあって、どこか現実と切り離されたような空間だった。だから自分の生活範囲に御影が来ていることは、琥珀の生きる人生と御影が、地続きでちゃんとつながっている感じがする。

やがて、女子英学塾と英国大使館を越えてすぐのところ、白いコンクリート壁、スペイン瓦葺きの屋根のついた二階建ての立派な洋館が現れた。

敷地の中に建物が広く建てられているので庭はそこまで広くないが、琥珀の住む洋館よりもずっと重厚で、大きさは倍以上だった。

門をくぐった瞬間、異空間に入ったかのような妙な違和感があり、ひやっとした空気が肌を刺した。周りが一段階暗くなったように感じられる。

「わ、お庭からすでに寒いとは思いませんでした」

これから夏だし、この暑い中涼が取れるのならそう困ったことでもないのではないか。やっぱりそんなことを思ってしまう。

しかし、ドアベルを鳴らし、使用人に玄関を開けてもらう頃には、その考えは変わっていた。

「御影さま。すごく寒いですね……」

ついさきほどまでは快適と思っていたが、もうすっかり寒くなって、とてもそうは思えない。いくら涼しくても温度調整ができないのなら便利でも何でもない。

「御影さまも……寒いですよね？」

「そうだな」

しれっと返してきた御影はこの寒さをまるで感知していないかのように平然としている。この人の体温調節機能はどうなっているのだろうかと訝しむ。

玄関先で待っていると、奥から品の良い紫紺色の着物を纏った庇髪《ひさしがみ》の婦人が出てきた。

「四季島さん。遠くから、ようこそいらっしゃいませ」

上品に微笑んだ婦人は歳の頃は四十半ばくらいだろうか。琥珀の母である八重子と同じくらいに見える。しゅっとした立ち姿が美しく、その顔や手には生活感がまるで感じられない。

「寒いでしょう。応接室で温かい飲み物をどうぞ」

婦人がそう言った時、奥から毛の長い猫が出てきて、御影が半歩ほど避けた。猫は一目散に琥珀に向かい、甘えた声で擦り寄る。

「可愛い子ですね」

「ええ、子どもが二人とも出ていってから、少し寂しくなって飼いだしたのよ」

婦人は答えてから琥珀を見て、おや、という顔をした。

「あっ、わたしは四季島先生の……助手、です」

ぺこりと頭を下げる。

「可愛らしい助手さんね。初めまして、浅井藤乃《あさいふじの》です」

藤乃は優しく言って笑ったので、琥珀も名乗ろうとしたが、藤乃が急に覗き込むようにして、まじまじと顔を見つめてきたので口を閉じた。

「あなた……もしかして中泉さんのお嬢さん？」

「え、はい。わたしは、中泉琥珀と申します」

そう言うと奥方は破顔した。

「やっぱり！　八重子さんのとこのお嬢さんね！　私、八重子さんと同じ女学校だったのよ。すごく前だけど、一度お宅にも遊びにいったわ。その時、あなたにも会ったのよ！　まだ赤ちゃんだったけど、目の色でもしかしてって思って！」

「お母さまの……同窓生なんですか」

「ええ、最近はなかなか会わなくなってしまったけど、年賀状は毎年交換してるのよ！　大きくなったけど、猫ちゃんみたいな雰囲気は変わってないのね。お会いできて嬉しいわ」

藤乃はにこにこしながら琥珀の手を握ってくる。

母の学友だったと知ると、見知らぬ婦人が一気に近しく思えてきた。

使用人と奥方に案内されて赤い絨毯の敷かれた長い廊下を歩きながら、琥珀はこっそりと御影に話しかける。

「御影さま、きっと解決しましょう！　わたしも頑張ります！」

「調子が良いな……君は」

通された応接室には布のかけられた丸いテーブルがあり、それを挟んで肘かけのついた一人がけのソファと二人がけのソファが置かれていた。大きな格子窓からは庭が見えるが、陽が落ちて星が出る前のこの時間は薄暗くて少しぼんやりとしている。

そして、こんな時季だというのに、暖炉にはあかあかと火がついていた。

入って腰かけるとすぐに使用人が盆にカップをのせて入ってきた。この部屋の中は暖かいが、聞いていた通り外套を着込んでいる。

琥珀は湯気の立つミルクココアのカップを手に取った。

しばらく手を温め、甘い香りを嗅《か》ぐだけにして、少し冷ましてから口に入れる。

柔らかな甘さがじんわりと口に広がり、ほうと息を吐いた。

「お話うかがっていたんですが、ここまで寒いとは思っていませんでした……」

「寒かったら暖炉にあたってね」

小さく震えながら話す琥珀と藤乃を遮り、平然とした顔の御影が質問をする。

「この現象は、いつから？」

「……二週間くらい前から少し違和感はあったのですけど、そこからだんだん寒くなっていって……さすがにこのまま温度が下がり続けたら困ると思って、四季島さまにご相談を思い立ったのが三日前です」

確かに、このままどんどん温度が下がったらここでは暮らせなくなってしまうだろう。

琥珀は立ち上がって窓の外を見た。

薄暗く寒々しい。それだけでなくどことなく気持ちの悪さがあった。閉塞感のある空間に閉じ込められているかのような違和感がある。

気がつくと御影もすぐ隣で窓の外をじっと見ていた。こんなに至近距離にいると思わなかったのでドキッとした。

「御影さま、わたしはこれ、屋敷を寒くする妖怪が取り憑いているんじゃないかと思います……雪女みたいな……」

「雪女は伝承だと息を吹きかけて人を凍死させるものがあるな。あとは腕に抱いた赤子を通った人間に抱いてほしいと言って抱かせ、子を抱くとそれがどんどん重くなり、雪に埋もれて凍死させられるという話もある」

「結構直接攻撃してくるんですね……それだと、この家の寒いのとは違う感じがします。ほかに、人を寒くさせる妖怪っているんですか？」

「近いものでは震々《ぶるぶる》という妖怪が人の首筋に取り憑き、寒気を起こさせるが……恐怖心を煽る妖怪だから、これも今回のような物理的な寒さとは少し違うな」

「……それともこのあたりは外国の人も多いですし、やっぱり異国の幽霊や妖怪でしょうか」

　御影は窓の外を見て、少し考えてから答える。

「その可能性も高いな……奥方、この屋敷に舶来の品は？」

「異国のものでしたら主人が使っている応接室に沢山あります。ご覧になりますか？」

「応接室が二つあるんですか？」

「ええ、私はあそこを使いたくないので、談話室を一つ改装していただきました」

　きっぱりとした藤乃の口調に少し不思議に思いながらも、そちらの応接室へと向かう。応接室の前まで来ると、琥珀の腕の中の猫が飛び降りてどこかへ行った。入りたくないようだ。

　藤乃がその応接室を使いたがらなかった理由はすぐにわかることになる。

　扉を開けるとそこにはおびただしい数の異国の工芸品、美術品が所狭しと並んでいた。

　鮮やかな飾りのついた太鼓、不思議な形の刀、不気味な木彫りの仮面、人形、陶器でできた像の置物。そのほかにも絵画、壺、飾り棚は数えきれないほどの工芸品で埋めつくされている。それはどこか禍々しく、異様な光景だった。

全て、貿易商をしているこの屋敷の主人が買い集めたものだという。見る限り相当な好事家だ。

「これは……すごいですね」

「主人はとにかく、珍しくて変わった、見たことのないものを集めるのが趣味で……お客を招いて一つひとつ解説をするのが好きなんですよ」

琥珀は想像して、なるべくならそのご高説は聞きたくないと思った。

「異質な妖気がまぎれている。これは、確実に異国のあやかしが関係しているな……」

御影はそう言って、工芸品をじっくりと見ていった。琥珀も確かに変な感じはした。圧迫感があるのに妙に静かな気配がどこかにある。

もしかして呪いの人形とか、そんなものがここにあってそれが敷地を寒くさせている犯人なのだろうか。日本の陰陽師である御影に何とかできるものなのだろうか。少し心配になる。

それでも、琥珀も犯人を突き止めるべく、棚の前で工芸品を観察した。

「御影さま、この人形……顔が怖いです。きっとこれの呪いです！」

そう言ったあと、奥の剝製が目に留まる。

「ひっ、この蛇も動き出しそうで怖いです！　これのせいかもしれません！」

　しかし、見れば見るほど、どれもこれも見た目の印象が濃すぎて怪しく見える。御影を見るが、同様にして、考え込んでいた。

「……御影さま。どれでしょう」

「数が多すぎるな。異国の呪術の道具と思われるものや、仏具も交ざっている……幾つか怪しいのはあるが、どれが関与しているのか……奥方、この中で、比較的最近増えたものは？」

「そういえば、二週間くらい前に主人が新しく、幾つか持って帰ってきたんです。屋敷が寒くなってきた時期と一致するわ」

「その、増えたものというのは？」

　御影が聞くと、藤乃は口元に手をやり、棚の上の工芸品に目を滑らせた。

「……ごめんなさい。それは、主人じゃないとちょっと……私はこういうものにはあまり興味がなくて……」

　藤乃は見たし、詳しい話も聞いたのだが、あまりに興味がなくて覚えていないという。買ってくるごとに似た話をたびたび聞かされ、うんざりしているようだった。

　そういえば八重子も、劉生が専門的な星の話をしている時、うんうんと頷きながらもぼんやりと宙に視線をさまよわせ、聞き流していることが多い。劉生のほうも自分がしている話に没頭していて、考えをまとめており、さほど聞かせようとはしていないので、そのことに気づいていない。そういう光景はよく見る。

「御影さま、何かわかりましたか？」

琥珀の小さく潜めた声の問いに御影は静かに首を横に振る。

「やっぱり、異国のあやかしは専門外ですか？　ど、どうするんですか？」

「まぁ……何とかなるだろう」

「ならなかったらどうするんですか！　この家凍ってしまいますよ！」

琥珀がこんなに心配しているというのに、御影は飄々としていて、何を考えているのかわからない。

三人はとりあえず、その応接室を出て、元いた応接室へと戻ってきた。

「俺は一つ確認したいことがあるが、この時間だとまだ難しいのでもう少し待ちたい」

どのみち、新しい工芸品がどれかわかるのは主人だけだ。帰りを待つよりない。

「それはそうと、琥珀」

「え？」

「君はもうそろそろ帰れ」

「……何故ですか！　わたしもいたいです」

こんな中途半端な状態で帰っても、どうなったか気になって眠れないだろう。

「ここからなら近いのだから、今帰ったほうが良い」

「近いんだから、もっといても良いじゃないですか」

「駄目だ」

「もう少しだけ！」

　駄々をこねていると、奥方がにこにこしながら言ってくれた。

「四季島さんだけでなく、琥珀ちゃんも、ハイヤーでおうちまでお送りするから、いてくれて大丈夫よ。何なら、私から八重子さんに電話するわよ」

「わあ、ありがとうございます！」

　にこにこして御影のほうを向くと、はぁ、と呆れた息を吐いていた。こんな時に思うことでもないが、わりと遠慮のない顔を見せてもらえるようになってきた気がする。欲を言えば、もう少し好意的な表情だとなお良いのだが。


「……それでね、私も八重子さんも結構ドジなところがあって、その時、二人揃って時間を間違えてしまって……」

　琥珀は自分の知らない母の話を聞いていることに興奮した。帰ったら八重子にも話そうと思うと余計に楽しみが増す。

そうしているうちに、窓の外には夜の帳が下りてきていた。会話の途切れたところに、窓際にいた御影が折よく来て言う。

「奥方、確認したいことがある。庭へ」

「ええ、行きましょう」

藤乃と二人で御影のあとを追って庭へと出た。

御影はそこで、上を向いた。

当然だが、上にあるのは空だ。完全に陽が沈み、今は星が出ている。

「やはり……空が違う」

「え？　空ですか？」

「ここから見える空には、今、我々のいる北半球からでは見られるはずのない星座が存在する。代表的なものではあそこ。かなり高い位置にある南天の十字座《サザンクロス》だ」

御影の言う十字座を琥珀も見上げた。大きさの不揃いな四つの星が、まるで教会の十字架のように並んでいた。

「それからあちらのセンタウル座は日本からは地平線に隠れ、全体を見ることができない星座のはずだが、完全に見えている」

「……つまり、どういうことですか」

「今真上にある空は、我々が普段見ている空ではなく南半球の空だ。そして、北半球と南半球では、季節が逆転する」

「ええ？」

琥珀は素っ頓狂な声を上げた。

「寒かったのは……寒くする妖怪がいたわけではなく、この敷地の中だけが冬だったということですか？」

「ああ。何がしかの力は関与しているだろうが、やみくもに温度を下げているのとは違う。このまま温度が下がり続けるようなことはない。だが……このままだと冬が来る頃には耐えがたい暑さになるだろう。何とかしたほうが良いな」

「御影さま、空だけが変わってるんですか？　それとも、この屋敷だけ南半球に転移してるということですか？」

「――あるいはその幻を見させられているのか。どれかはわからない」

ずっと口元を覆って空を見上げていた藤乃がようやく口を開いた。

「まぁ……でも、一体何故そんなことに」

「おそらく、ご主人が買い集めた工芸品の中に南半球の国のものがあるはずだ」

その時、屋敷の庭に自動車が近づき家の前で停まる音がした。

主人が帰宅したようだ。自動車の扉が閉まる音と、大きな声が門扉から聞こえてくる。

「蒸し暑い外から帰ってくると、さすがわが家は涼しいな！　最高だ……！」

浅井家の主人は、歳の頃は五十前後。上背はそれほどないが、がっちりとした体軀に日に焼けた浅黒い肌、ギラギラした野心的な自信に溢れた顔をしていた。

藤乃がそちらに行って出迎える。

「おかえりなさいませ。今日はお早いのね」

「あぁ、会食の予定がなくなったんだ。軽く摘まめるものを用意させてくれ。酒もだ」

そう言ってから、藤乃の背後にいる御影と琥珀に目をやる。

「お、客人か……ああ、藤乃の行ってる琴の教室の仲間だろう？　君、このタイルを見てくれ。英国から取り寄せたヴィクトリアン・タイルだ。意匠が細かいだろう？」

神主のような格好の御影と、女学生の琥珀は婦人の客としては異色であったが、主人はさほど気にしなかったようで、さっそく玄関ポーチに敷かれているタイルの自慢をした。

玄関に入り、帽子と背広を使用人に渡している主人に、御影が声をかける。

「ご主人、ほかにも珍しい工芸品を沢山お持ちと聞いたが」

「おお、良いぞ良いぞ。応接室で私の集めたものの話を聞かせよう。そちらに飲みものを持ってきてくれ」

主人は機嫌良く使用人にそう言うと、こちらへ笑みを浮かべて頷いた。

また、例の応接室に戻ってきた。主人は誇らしげな表情で棚の工芸品を見つめ、使用人が持ってきたブランデーのグラスを手に取る。

「好きなだけ見ていってくれ。どれも苦労して手に入れた、特別な品ばかりだ」

「この中で、一番新しく入手されたものは？」

妙なことを聞かれ、主人は一瞬だけ不思議そうな顔をしたが、ブランデーをぐいと一口飲んでから立ち上がる。

「これと、これと、これだな」

主人が二週間ほど前に手に入れたという工芸品は三つあった。

色鮮やかな太鼓と、不思議に湾曲した刀、それから貝殻で装飾された仮面だ。

「これは、エチオピアのケベロという太鼓で、こちらは、ペルシアのシャムシールという刀だ」

主人は太鼓と刀を解説する。

「……ご主人、こちらの工芸品のお話をお聞かせいただけるか」

御影が指さすのは、色とりどりの砕いた貝で装飾された不気味な仮面だった。

見た時にぞくりとする。どこか恐ろしいのに目が離せなくなる。

「これは豪州の先住民族の工芸品だ」

豪州。南半球の国名に、琥珀は御影の顔を見た。

「見事だろう。一見不気味だが妙な神々しさが感じられる。これも手に入れる時、かなり渋られて、口説き落とすのにすごく苦労したんだ……」

主人が滔々と語っていると、御影が何も言わずにそれに手を伸ばす。

「あ、おい、気軽に触るんじゃない。壊れたら……」

御影は少しだけ触れたそれから、驚いたようにすぐに手を離した。

「これは……ただの妖怪じゃない。そんなものじゃない。もっと強い……」

「妖怪じゃなきゃ、何なんですか」

「おそらくだが、豪州の先住民の土着の信仰対象——神だ。もしかしたら盗難か、略奪されたもの……それが回り回って市場にまぎれ込んだのかもしれない」

「何だ？　一体何の話をしてるんだ!?」

目を丸くしている主人に向かって奥方がにべもなく言う。

「この家が寒い理由を陰陽師の方に調べてもらっていたのよ。その仮面が原因だったようね」

主人はそれを聞いて血相を変えた。真っ赤な顔で奥方に向かって怒鳴りつける。

「馬鹿な！　何故そんなことをした！　私の工芸品に勝手なことをするな！」

「あなたはこの屋敷だけ冬のように寒くても、構わないとおっしゃるの？」

「寒いくらい何だ！　何が困ると言うんだ」

「あなたは良くても、私も使用人も皆困っております。あの怪しげな仮面は捨ててください！」

よほど腹に据えかねていたのか、温和で朗らかだった藤乃がぴしゃりと言い返した。

その剣幕に主人は一瞬たじろいだ顔をする。しかし、すぐに眉根をぐっと寄せた。

「たとえ、この屋敷が何かおかしかったとしてもだ！　あの仮面のせいだとは限らんだろう！　陰陽師などという非科学的なものに頼ろうとするなんて懐古的だ！　私は信じんぞ！」

主人はものすごい形相で言い放つ。易々と聞いてはくれない雰囲気だった。

琥珀は御影の横に行って小声で聞いた。

「御影さま……あの仮面、どうするおつもりだったんですか」

「異国の神だからな。今ここで強引に祓おうとすると何が起こるかわからない、危険だ。俺だけなら良いが、依頼者や君まで巻き込むことになる。死ぬなら俺一人にしたいからな」

「そんなこと……言わないでください……」

「まぁ、それは最悪の事態の想定だ……だから、こちらで預かって祈禱場で封印するのが一番安全だ」

「できるんですか？」

「その国にはその国の祈禱法がある。きちんと調べれば封印くらいは何とかできるだろう。だが……どちらにせよあの様子じゃあな。持ち主の同意なしには仕事できない」

「ですよね……」

「まぁ、放っておいても、どこかで暑さ寒さに音を上げるとは思うが……」

琥珀は拳をぐっと握って言う。

「御影さま、ここはわたしにお任せください」

琥珀は御影の返事も待たず、主人の前まですっと行って口を開いた。

「あの、それならば、学者に見ていただくのはどうでしょうか」

「ん？」

「わたしの父は天文学者です。他分野にも知り合いはいます。この家の不思議な現象を知れば、きっと興味を持つと思います。調査していただいては？」

「調査だと？　一体何をするんだ？」

「そうですね。おそらく……この家は細かく解体されて、床板から壁紙、庭の土に至るまで細かく性質調査をされます。でも科学ですから、全部わかると思います！」

勿論本気ではないが、琥珀の脅しに藤乃も「いいわね。ぜひ頼みましょう」と言ってのってくれた。

「なっ、私の大事な屋敷を……解体だと!?　そんなことをさせるか！」

「……では、やはり試しに仮面を手放し……」

「これは私が手に入れたものだ！　これに幾ら払ったと思っているんだ！　部外者は黙っていてくれ！」

琥珀の説得はあえなく失敗した。すごすごと御影の下に戻る。

しかし、強引に追い出そうとしてこないところを見ると、少しは気持ちが揺らいでいるのかもしれない。御影を信じる信じないはともかくとして、この屋敷が今現在おかしいのは、疑いようのない事実なのだ。

けれど、主人はそれ以上に蒐集物に対する執着が強く、なかなか手放そうとはしなかった。あと一押しの気もするが、これ以上、下手に刺激したら完全に臍《へそ》を曲げそうでもある。

特にこういった偉そうな態度をとる人間は、琥珀のような女学生に過分に意見されるのを嫌がる。琥珀はこれ以上は動きにくかった。

皆が黙り込み、事態は膠着していた。

主人は腕組みをして不貞腐れた顔で黙り込んでいる。奥方は呆れた顔で使用人にお茶のおかわりを頼んでいた。頼みの綱である御影を目で捜すと、ずっと窓の外を眺めていた。相変わらずさほどのやる気は感じられない。

琥珀はテーブルの上の仮面に近寄って覗き込んだ。

何かおかしなところはあるだろうか。勿論不気味ではあるが、それ以上に変わったところがあるようには見えない。

仮面を手に取ってみる。

その瞬間、何かが弾けたような衝撃が指先に走り、見たこともない風景が脳裏を過った。

赤い大地と、その上に抜けた広大な青い空。この世の果てのような風景だった。

――カエセ。

小さな、しかし強い声が聞こえた気がした。

正確には言葉ではなく感情そのものだったが、その意思が摑み取れるほどの形となって琥珀の胸に迫ってくる。

周りを見たが他の皆に特に変化はなく、これは琥珀しか感じていないのだと知る。

「御影さま、この神様は元の国に帰りたがっています」

琥珀の言葉に御影より先に主人が反応して、大きな声で叫ぶ。

「なっ……また、馬鹿なことを言い出すのはやめろ！　これは……私のものだ！」

主人の大声が部屋に響いたその時、ぶわっと毛が逆立つような感覚が走り、同時に強い寒気を覚える。

カタカタと屋敷が細かく揺れ出す。

「地震かしら？」

「何だ？　何が起こっ……」

突如、窓の外がカッと光る。

——ガン、と強い衝撃に屋敷全体が揺れ、轟音と共に雷が落ち、あたりは暗闇に包まれた。

「ヒッ」

「きゃあっ」

屋敷中で誰のものかわからない悲鳴が複数上がる。

棚に所狭しと置かれた工芸品が幾つか床にゴトゴトと落ちた。

「何だ？　雷か？　突然何だ？」

琥珀が目を開けると、窓の外の景色が変わっていた。

「御影さま、外……嵐です」

さきほどまで寒いながら穏やかで星が見えていたはずの空は、恐ろしいまでにごうごうと荒れていた。

「土地神の多くは五穀豊穣を司る。豪州の一部では雷は神の鳴き声だ」

御影の静かな声が部屋に響く。

――カエセ。カエセ。

さきほど小さく聞こえた感情が再び波のように押し寄せ、大きくなっていく。

「土地神は土地と強く結びつき、多くの者の願いを受けるが、時に他者への強い憎しみや、呪いのような嘆き、ヒトの強い感情を一身に受け、力を増大させていく」

――カエセ。カエセ。カエセ。

だとすると、これは神の声ではなく、神の中に蓄積されていた土地の人間の声かもしれない。

御影は、腰を抜かしている主人の前まで行って屈み込み、顔を近づけて言う。

「この神がどういった儀式で使われ、祀られていたのかは俺にもわからない。贄を使った儀式があったかもしれない。幾人の血を吸ったかもしれない。それを土地の者でもない、一介の人間が縛るということは……どういうことかわかるか？」

「……わ、わかった！　戻す！　戻せばいいんだろう！」

主人の声が響いた瞬間、部屋の電気がぱっとついた。

さきほどまで琥珀の脳に訴えかけてきていた感情も消え、仮面は不気味ながらも沈黙していた。

琥珀は急いで窓の外を見た。嵐は嘘のように収まっていた。

「でも……まだ、冬ですね」

星の位置は変わっていない。

「ああ、だが、今の約束をたがえなければやがて戻るだろう」

琥珀は奥方を見る。彼女もほっとした顔で琥珀を見て、小さく頷いた。


無事に原因が特定され、琥珀は最初にいた応接室で奥方とミルクココアのおかわりを飲みながら、ハイヤーを待っていた。

「琥珀ちゃん、本当は猫のお世話係だったの？」

「はい。いつも女学校が終わってから小石川に戻って、家から自転車で芝まで行ってるんです」

「わざわざ家に戻るの大変じゃない？」

「はい。でも、学校は自転車禁止ですから」

「そうなのね」と頷いた藤乃がふと目を見開いて両手をぽんと合わせた。

「そうだわ！　朝、学校に行く前にうちの庭に停めていくのはどう？　終わったらうちからお仕事に行くの。時間を教えてもらえればその時間は門を開けておくわよ」

「えっ！　良いんですか！　すごく助かります！」

さすがに遠慮すべきかと迷ったのは一瞬だけだった。移動距離の長さにはいつも苦労させられている。断るなんてできるはずがなかった。

しばらく話して、もうそろそろ車が来るだろうと、玄関を出た。

今もずっと庭で空を見ている御影の下へと向かう。

「……琥珀、さっき、何故あんなことを言った？」

「え？　何がですか」

「神が帰りたがっていると、そう言ったろう」

「何となく……そんな感じがしただけです」

琥珀はそう言ってごまかしながらもドキリとした。

御影はそれ以上は特に追及することはなく、また上空に視線を戻した。

「豪州の先住民は土地と強く結びついている。その信仰の対象となる神も、土地そのものと言って良いだろう」

「……土地、そのもの……」

だとすると、この空も、神の姿の一部であるということだろうか。

「無理に封印などしなくて良かった。本物のこの空の下に帰してやれる」

「御影さま……もしかして、さっきからずっと、星座を見ているんですか？」

そう聞くと、御影はすんなりと頷いた。

「ああ……俺が一生見ることがなかったはずの星空だ」

御影は夢中になって空を見つめている。その姿に、琥珀は父を思い出した。この空のことを知ったら、きっと父も見たがるだろう。

やがて、屋敷の前に一台の自動車が停まる音がした。

「琥珀ちゃん。八重子さんによろしくね。また遊びにきてね」

「はい。ありがとうございます」

御影はハイヤーでの送りを固辞し、一足先に琥珀が辞去することになった。琥珀は、門を出る前に振り返って御影を見た。

まだ、飽きずに星を見ている。

その時ふと思い出した。昔、父に聞いたことがある。北半球では東から昇った太陽は南の空を通って西に沈むが、南半球では東から昇った太陽は北の空を通って西に沈む。星だけでなく、昼間の太陽の位置も北半球と南半球では違う、と。

琥珀が門を入ってすぐに妙な違和感を覚えたのはそれだろう。急に一段階暗くなったように感じられたのも、冬は日の入りが早いので実際に門の中は外より暗かったからだ。

空が入れ替わっていることは、御影なら夜まで待たずとも、すぐにわかったはずだ。彼はもしかしたら南半球の星空を見たいがために、わざわざ夜を待ったのかもしれない。

それに気づいたら、昔の記憶ではない、今の御影のことを少し知れた気がした。猫だった頃の記憶も気にならないわけではないが、それ以上に、中泉琥珀として、御影と仲良くなりたい。

琥珀の中にそんな気持ちが湧いてきていた。

その後、不気味な仮面は主人の知り合いの船乗りに預けられ、無事に本国へと送り返され、浅井家には、夏が来た。

第四章

追われた太歳《たいさい》

教室では、一人の女子を囲んで何事かで盛り上がっていた。輪の中央にいるのは級長の菅井志摩子だ。

「私《わたくし》この目で見たんですの！　殿方とぴたりと身を寄せ合ってましたわ！」

周囲から「まぁ」「きゃあ」と悲鳴が上がる。

志摩子はいつも誰それが学校にキャラメルを持ち込んだだとか、誰それが試験でズルをしただとか、そんなことに鋭く目を光らせていて、見つけるとすぐに教師に告げ口をして周囲に言い回るので、陰ではあまり好かれていない。

しかし、皆何だかんだ彼女の持ち込む話題に興味津々なのだ。

「何かありましたの？」

近くにいた愛子に声をかける。

「静代《しずよ》さんが銀座《ぎんざ》で殿方とデエトをなさっていたとか……」

「それ……一緒に歩いていただけではないのかしら」

志摩子には話を誇張して言いふらす悪癖がある。たまたま隣り合わせただけで一緒に歩いていたことになり、すぐにそれはデエトになる。

「いえ、それが……道中で殿方と……ほ、抱擁していたらしいのです」

愛子はぽっと赤くなりながら教えてくれる。

「まぁ……」

話題の静代の姿がないところを見ると、密告されたことで噂になって停学になったのだろうか。父の方針で入ったこの学校は紋切り型の良妻賢母を目指す教育ではなく、学問に力を入れているほうではあるが、それでもまだ先進的と言いがたい部分もある。

静代はどこか大人びていて、大勢と騒ぐことは滅多にないが優しい子だ。志摩子などに見つかってしまったばかりにと、同情した。

琥珀は今まで、そういった話を気の毒には思いつつ、自分とは無関係の話だと思っていたが、その時何故だか頭に御影の姿がぽんと浮かんだ。

御影は琥珀の身の回りにいる数少ない男性だ。

男性と二人きりで隣を歩くなどということも御影と会うまではなかった。全くそんな関係ではないわけだが、もし御影と一緒にいるところを誰かに見られたなら、どんなふうに見えるのだろう。そんなことを考えてしまった。


休日に四季島邸の猫の巣の前に行くと、琥珀は着ている花柄のワンピースを汚さないため、上から割烹着を着込み、猫の糞の掃除をした。

そして、集まってきた猫達を抱き上げ、一匹ずつ健康状態を確認する。

「政宗、芳一、満福、雷電、壱子、二胡、三太、四太、……ん？　小判はどこ？」

にゃあと返事が上がり、抜いた草が山積みされているところから悪戯好きの仔猫がガサッと顔を出した。

「いたいた。元気そうだね」

背中を撫で回し、持ち上げて怪我などないか確認する。これでもう、夕方の給餌まですることがない。静かな休日だった。

ざり、ざり、と誰かが砂利を踏む音が聞こえた。小梅か御影か源造だろうか。そう思って気軽に確認しにいった琥珀は、自分の迂闊さをすぐ後悔した。

そこにいたのは清門だった。できれば会いたくなかった。

彼は琥珀を見るなり小さく舌打ちをした。今日もやっぱり感じが悪い。それでも、琥珀のことは無視して行くだろうと思っていたのに、大股でわざわざこちらへと歩いてくるのでぎょっとした。

「あ、あれ？　お怪我をしたとか？　もっとゆっくりご療養されたほうが良いのでは……」

清門は会った時から高圧的な男ではあったが、今日は最初から喧嘩腰だった。

「お前……先日御影殿の仕事に同行したらしいな」

「え？　あ、はい」

「ただの女学生ふぜいが勝手なことを。二度とするなよ」

「……そ、それはあなたに言われることではないはずです」

もう話すことはないのでさっさとその場を辞去しようとする。

「聞け。小娘」

こ、小娘……言われたことのない台詞にぎょっと目を見開く。

「明治に陰陽寮が廃止されてから陰陽師の権威は落ちた。陰陽師の霊力もだんだんと弱まっていっている。うちはもとより、安倍晴明《あべのせいめい》公の傍流とされる四季島とて例外ではなかった。そんな中、御影殿はまぎれもなく、百年に一度の力を持つ陰陽師だ。お前のような部外者の小娘が勝手なことをして、万が一にでも御影殿が怪我をするようなことがあったらどうするんだ」

「ど……どうすると言われましても……」

彼はおそらく陰陽師である御影の信奉者なのだろうが、琥珀にとって御影はもう少し普通の人なのでついていけない。琥珀は怒りより呆れが先に立ち、口が半開きになってしまった。

「良いか？　お前のような奴はあの汚い猫の巣で猫の世話だけしていれば良いんだ。これ以上妙な動きはするな。それから無駄に擦り寄ろうとするのもやめろ。万が一にでも四季島の血を穢すようなことがあれば……陰陽師という存在全体にとって、大きな損失となる」

　何だかわからないが、まるで彼の意見が正義のように言ってくるのでタチが悪く不快だ。

「でもわたし、素質があるんですよ。御影さまだって、感覚が鋭いと言って……」

「素質だと……何を馬鹿なことを」

「わたしは幽鬼や……御影さまの出した式神も視えます」

どうだ、と息巻いてみたが、清門は鼻で笑った。

「ふん……女には視える奴も多いが、視えるだけでは何の役にも立たない。だいたい視えるというだけなら、猫にだって……」

　そこまで言って、ふっと清門は顔を上げた。そして、眉根を寄せ、怪訝な目つきで琥珀の顔を覗き込んできた。

「お前の目……」

　無遠慮に肩を摑まれ、顔を近づけられて琥珀は抗議の声を上げる。

「放してください！」

　けれど、清門は聞こえていないかのように、肩を摑む力を強める。

　氣色ばんだ清門の顔は、何かを探すように琥珀の目の中を見ている。琥珀は軽い恐怖を感じた。

と、足元からフーッという猫の唸りが聞こえ、そちらを見ると政宗が清門に威嚇していた。

清門がぱっと手を放し振り返ると雷電も、のしのしとこちらに歩いてきていた。少し離れた灌木の陰から満福もガサリと出てくる。

ぞろぞろと猫達がこちらに向かってくる。

清門は忌々しそうに舌打ちをして琥珀を放し、何も言わずに去っていった。

「やっと行った。皆、ありがとね」

琥珀はべえと舌を出して、小さくなっていく背中を睨んだ。

そして、いつの間にか肩にのっていた小判を抱き上げ、台所に行って小梅に声をかける。

「小梅さん、こんにちは」

「あら琥珀ちゃん、お休みだから早く来てくれたの？　小判、抱っこされてご機嫌ねぇ」

「はい。嫌な奴に絡まれました……」

「えっ……あ、清門さんだ？　今日も来ていたの？」

「ついさっき来たところに鉢合わせしてしまって、わたしが御影さまのお仕事に同行したことに激怒しておりました」

「……あっ、ごめんなさい！　きっとこの間私が言ってしまったからだわ！」

「小梅さんが？」

「四日ほど前に御影さまのお仕事で清門さんが来た時、まだ足が痛いようだったので、怪我の間は琥珀ちゃんが立派にお手伝いできるから、無理しないようにって、つい言ってしまったわ。清門さんがそんなに怒るとは思わなくて……ごめんなさいね」

「……いえ、良いんです。そうでなくても目の敵にされてますから」

「何でかしらねえ……あぁ、もしかしたら」

小梅は小さく唸ってから言う。

「清門さんは御影さまの信奉者だから……もしかしたら急に来てあっという間に仲良くなった琥珀ちゃんに嫉妬しているんじゃないかしら」

「ええ？」

「だって、いくら頼んだからといって、御影さまがあっさりお仕事に連れていくなんて、私もびっくりしたもの。陰陽師である清門さんだってかなりしつこくしてようやくお仕事の助手をさせてもらえるようになったのよ。焼きもちだわきっと！」

「いえ、あの人、わたしが御影さまのお仕事に同行する前……初対面の時から偉そうでしたよ……」

「それは……清門さんはそういう人だから……」

どちらにせよ、忌々しい清門が復活してしまったので、琥珀はもう御影の仕事には同行できないかもしれない。

四季島家は広く、部屋数も多い。縁側か前庭で座ってぼんやりしていることの多い琥珀を見かねた御影から、空いている部屋で過ごして良いと言われ、最近は屋敷の色々な場所でぼんやりしていることも多い。

琥珀が居間で一人静かに白湯を飲んでいると、御影が数冊の書物を手に、部屋に入ってきた。

御影はだいたいずっと部屋に籠っていると聞いていたが、最近は居間で本を読んでいる姿も見かける。単に気分なのかもしれないが、猫よけの結界が張られた部屋から出てきてくれることは琥珀にとっては喜ばしいことだった。

「あれ、お仕事の調べもの、ここでするんですか。わたし、外したほうが良いでしょうか」

「いや、この時間は部屋が暑いんだ。君は時間帯でくつろぎ場所を変えているようだが……君のいる場所はだいたい過ごしやすい」

「え？　そうですかね？」

「ああ、だから君を捜したんだ。俺が便乗したんだから、そのままいてくれて構わない」

「はあ……」

よくわからないが、一緒に過ごせるのだから文句は言わなかった。それに、琥珀は御影が一応暑さ寒さを感知していることを知って安心した。

そうして腰を下ろした御影の手元にはいかにも古そうなボロボロの書物があった。

「それ、何の本ですか？　文学ではなさそうですけど」

「明後日行く仕事で調べることがあってな。さっき清門に持ってこさせた」

「ああ……それでいらっしゃったんですね……」

琥珀はゲンナリとこぼした。

「あの方は一体何なんですか。年がら年中感じが悪いです」

腹立ちまぎれに言うと御影が書物に目を落としたまま言う。

「あいつは何だかいつも必死なんだ」

「御影さまの……ご親戚と聞いてますが……」

御影は「ああ」と言って顔を上げた。

「陰陽師界隈では昔から権威争いがあった。元々は御上に対する立場の上下を競う政治闘争だったが、明治に陰陽寮が廃止され、陰陽師の権威自体がなくなったあとも諍いは続いていて、その中でも四季島と八島は……遠縁ではあったが激烈に不仲だった」

「それは……好敵手……のようなものですか」

「そんなもんじゃない。四季島と八島は俺の祖父の代までは実力が拮抗していたが、父の代ではかなり差がついた。父の代の八島は不真面目な男でな……霊力もろくになく、真っ当な陰陽はやる気がない。詐欺まがいのことをして生計を立てている。そのくせ立場の上下や権威にだけは欲深い。あさましい奴だった」

「はぁ……そんな方のご子息が何故、敵対する家の御影さまのところに？」

「清門は糞真面目に陰陽をやろうと、なりふり構わず教えを乞いに俺を訪ねてきた。あいつは潰れかけの自家を立て直し、陰陽師の家として存続させようと必死なんだよ」

「でもそんなの……御影さまでなくても良いじゃないですか。よく受け入れましたね」

「父がいたらまず受け入れなかったろうな。安易に他家を信用するなと昔から強く言われていた。俺も最初は拒否したが、あまりにしつこくてな……面倒になった」

「あんなヒト……自分は親とは違うと言って、本当は敵である四季島家を蹴落とそうとしているのではないですか？」

苛立《いらだ》ちまぎれに乱暴に放った言葉に御影は息を吐いて笑う。

「その可能性はあるが……それならそれで良いさ」

御影の言葉に小さく驚いた。

何だかんだ御影は『そんなことはない』と否定すると思っていたのだ。

けれど、御影は清門を受け入れることはしても、完全に信用はしていないのだ。琥珀は清門のことは嫌いだが、御影のそんなすさんだ感じには寂しさを覚える。

御影は琥珀のお願いに対しても、しつこく頼むとすぐ折れるが、きっと心を開いてくれているわけではないのだろう。

「だが、確かにあいつは君にあたりが強いようだな。俺からもあまり絡まないように言っておく」

「あ、はい！　ちょっと酷すぎます！」

琥珀は清門の無礼さをまた思い出した。苛立ちが甦り、ムカムカした心のまま頬杖をついて目の前の御影を見つめる。

不思議なことにそうして眺めていると、心がすっと落ち着いていくのを感じた。

御影はけだるげで、清涼とは言いがたい空気感を身に纏っているというのに、琥珀の身にはしっくりと馴染み、あるべき場所に戻れたような安心感がある。

じろじろ見続けていたら御影が書物からふっと顔を上げ、琥珀を正面から見たのでドキッとした。

御影の人形のように整った唇が開き、そこから言葉がこぼれ出た。

「君は最近いつも休日にうちにいるが……学生だろう？　親や勉強は良いのか？」

「ご心配なく。きちんと行き先は言ってますし、学業にも差し障っておりません」

「……なら良かった」

ほっとした様子の御影を見て、これは邪魔だから言ったのではなく、本当に心配していたのだと理解する。

「わたし、こう見えて勉強もできるし、お裁縫やお料理の成績も良いんですよ」

「そうか」

「あ、ただ……絵を描くのはちょっと苦手なんですよね……」

琥珀はワンピースのポケットから万年筆を取り出し、座卓に積んであった和紙を一枚もらうと、御影の向かいで落書きを始める。

ほどなくして、描けたものを御影の前に誇らしげに差し出した。

「御影さま……見てください。いつもよりは上手に描けました」

「それは……化物の絵か？」

「し、失礼な……これは御影さまとわたしです！」

「これがヒトを描いた絵だったとは……斬新だな」

「こちらは庭の銀杏の樹の下にいる猫の絵です」

「まるで呪符のようだな……」

御影は口元を押さえ、低く笑いをこらえるような声で酷い感想をもらしてから、琥珀の手元に目をやった。

「ところで、君の使ってるそれ……」

「万年筆ですか？　これ、すごく良いですよ」

昨年の誕生日に父に贈ってもらった万年筆だ。軸に銀の帯があしらわれているそれを琥珀はいたく気に入っていて、肌身離さず持ち歩いている。

「使ったことがないな……」

近代化が進んでいるというのに、四季島家はさほど文明開化していない。

琥珀の自宅には瓦斯と電気が通っていて、舶来品のストーブもある。風呂も給湯器もある。父の書斎には蓄音機だってある。

以前小梅が不便さをぼやいていたが、この家は特別貧しいわけでもなさそうなのに、昔ながらの生活をしている。

ポンプ式の井戸に、行灯の灯り、薪を使って火を起こし、およそ文明機器らしきものは見かけない。先日は御影が居間で何か書きつけていたので覗いたら、鉛筆ですらなく、筆を使っていた。

「どうぞ」

万年筆を渡すと、御影は琥珀が落書きをしていた紙にしゅるしゅると線を走らせる。雑に字を書いても達筆なのがわかる。なかなか気に入ったようであった。

「御影さま、これはわたしの誕生日の贈り物に父が銀座のお店で買ってくれたものなのですが……よろしければそのお店にご案内しますよ！　ほかにもエバー・レディ・シャープペンシルだとか、沢山文房具がありました！」

「………………」

勢い良く言ったが、御影は相変わらず黙ったまま、しゅるしゅると万年筆を走らせている。

「……行きませんよね。はは」

最初からあまり、というか、全然期待はしていない。言ってみただけだ。

そもそもが未婚の若い男女が二人きりで出かけるなんてことはあってはならない。もし学校に見つかったら停学ものだ。

御影は頬杖をついたまま、まださらさらと梵字のようなものを書いていたが、ふと手を止めた。

「別に……行っても良い」

「え、えぇ!?」

即断られて話は終わると思っていたので身を乗り出して目を剝《む》いた。万年筆がよほど気に入ったのだろうか。

「何だ。冗談だったのか」

「い、いいえ、大真面目です!」

「たまには暇つぶしに、出ても良い」

「わぁ! 参りましょう。じゃあ、猫のご飯を早めに用意してきます」

単純なもので、少し前にあった不機嫌な気持ちなどはあとかたもなく消えていた。

増上寺《ぞうじょうじ》を左手に見て通り越し、お店がびっしりと立ち並ぶ日蔭《ひかげ》町通りを抜けていき、芝口《しばぐち》一丁目から新橋《しんばし》を渡ると、銀座表通りに出る。

ワンピース姿の琥珀と、着物に袴姿の御影の二人は京橋《きょうばし》区銀座にたどり着いた。

御影に案内するなどと偉そうなことを言ったが、琥珀とてまだ女学生だ。銀座を遊び歩くなどはしたことがない。父に連れられて二度ほど来たことがある程度だ。

不燃建築を目指し煉瓦《れんが》で造られた銀座の表通りは、まるで異国のような街並みが広がっている。建物は洋風で複数階建て。街路には街灯と街路樹が配置されている。

自動車や馬車や人力車が忙しく行き交っている。通行人は着物姿とモダンな洋装が入り交じり、外国人の姿もチラホラと目に入る。

目に映るもの全てが洗練されていて、素敵に見える。建物全部に入ってみたいが、そんな時間はない。

「御影さま！　万年筆買ったらそのあと百貨店で半襟一緒に見て、カフェで珈琲飲んで、千疋屋《せんびきや》の果物食堂でフルーツサンド食べて、帝劇《ていげき》行っても良いですか！」

「……どれか一つなら行っても良い」

「えっ？　じ、じゃあ……カフェにします！」

てっきり全部却下されると思って言ってみたが、一つなら良いのか。琥珀は浮かれた。

とはいえ婚約もしていない若い男女が昼間からこんな場所でデエトなど世間では許されない。完全に不良の行動だ。

おまけに琥珀はそこそこ目立つ容姿だ。顔立ちは東洋人なのに色素が薄く、瞳が琥珀色で、髪も茶色いからだ。もし級友などに見られたら見間違いでは済まされない。

しかし、それを押しても御影と行きたかった。

御影は駅前の服部《はっとり》時計店の時計塔をじっと見上げていた。その、冷静かつ清涼な空気感に琥珀は少し落ち着きを取り戻す。浮かれているのはどう見ても自分だけだった。

目的の和漢洋文房具店伊東屋《いとう》は白煉瓦三階建ての立派な建物だ。

琥珀はガラスケースの中に並ぶ万年筆を覗く御影を見ていた。御影は珍しく目を輝かせている。

万年筆は国産のお手頃なものだと一円五十銭ほど、舶来品の高価なものだと五十円ほどのものまである。ピンキリだ。

御影は最初、比較的安価な品物が並ぶ陳列台を眺めていたが、しばらくして少し奥にある赤いビロードの敷かれたガラスケースの前に移動して、一分ほど動かなくなった。

そして「これにする」と言うなり英国のデ・ラ・ルー社製の二十円もする万年筆をぽんと買った。琥珀が父からもらっているおこづかいでいえば一年と半年分くらいの金額だ。

「威勢が良いですね……」

「普段質素な生活をしているので、金を使うこともそうない。貯め込んでいても仕方ないだろう」

御影が万年筆を手に柄にもなく嬉しそうにしていたので、琥珀も嬉しくなった。

店を出た琥珀は忘れないうちにと急いで言った。

「でで、では……カ、カフェに！　御影さま、カフェ……」

「ああ。礼にご馳走する」

御影が約束をちゃんと覚えていて、たがえなかったことにホッとしつつ、琥珀は一番近くにあった焦茶の煉瓦造りのカフェを選んで中に入った。

店内は紫煙が立ち上り、いかにも文化人といった人達が珈琲や洋酒などを嗜《たしな》んでいた。

琥珀は自分から言っておきながら、店内の大人っぽい空気感にすっかり臆してしまった。御影はいつも通り何を考えているのかわからない顔をしていたが、少なくとも場に気圧された感じはない。

琥珀はアイスクリームを注文した。珈琲に挑戦しようとしたが、メニューを見て悩んだ結果、苦いと聞く珈琲よりも甘いアイスクリームが良くなったのだ。女学生はアイスクリームの誘惑には勝てない。

ウエートレスがトレイにのせて持ってきたアイスクリームを見た琥珀は自分の選択が正しかったことを確信した。白くて、可愛い。その上甘くて冷たいときている。アイスクリームは偉大なのだ。

御影はソーダ水を頼んでいたが、あまり口をつけていなかった。

「御影さま、さきほどから思っていたのですが……」

「ん？」

「初めて都会に来て文明に触れたというのに、何故そんなに落ち着いていられるのですか？」

どこか戦々恐々とした顔で聞いた琥珀に、御影が呆れた顔でため息を吐いた。

「あのな、琥珀……うちは確かに父の代では、こういった稼業をする上で、俗的に見られぬよう公共交通機関を使わない、外食はしない、家にも意図的に文明機器を取り入れないという方針だったが……俺は別にだらだらとそのままなだけで、特に文明に抵抗があるわけじゃない」

「え、そうだったんですか？」

「ああ。だいたい……俺は普通に高等中学校まで出ているし、銀座は近いから仕事で来ることもある。そこまで浮世離れもしてなければ、原始的にも生きてない」

「では、こういったカフェにも来たことがおありなんですか？」

「それはないが……毛色が少し違うだけで、要は飲食店なんだから緊張する必要は全くないだろう」

「そうですかね……」

琥珀は店の毛色が変われば緊張する。それは普通ではないだろうか。

カフェに限らず、御影はどこにいても彼の体内に一定して流れる彼だけの強い空気と時間を身に纏っていて、それは滅多に乱されることがないように感じられる。

一度だけ、その空気が乱れたのを見た気がする。いつだったかと思い返したところ、琥珀が無謀にも御影を庇おうとした時だったと思い当たる。あの時はすごく焦ったような感情が覗いていた。

「君は昔から猫に好かれるのか？」

御影は珍しく、何の気なしに琥珀に質問を寄越してきた。

「そうですね。わたしは動物全般好きですけど……猫族とはうまが合います。あ、でも、蛇だけは大嫌いです。アレだけは、悲鳴を上げて逃げます」

「そうか。苦手な動物もあるのか……」

「御影さまは何故、猫がお嫌いなんですか。あんな結界までして」

「結界は……俺の部屋は紙類が多いから、念のためだ。親の代からやっている」

「では、お嫌いだからやってるわけではないんですね」

御影は仏頂面で黙ったあとにぼそりと答えた。

「昔、うちで飼っていた猫がいなくなり、俺はもう二度と猫を飼いたくなかった」

「えっ？」

「どうしたって猫の寿命はヒトより短いだろう？　だが、猫は家のしきたりで飼わざるを得ない。仕方なく飼っているが……あまり関わらないようにしている。父も世話は世話係に任せていたし、そういうものだと割り切れば、いなくなった時に辛くもならない」

「……………」

「まぁ、そこまでして避けずとも、元々俺は子どもの頃から動物全般には大概好かれないんだがな」

「え？ そうなんですか」

「ああ、霊力が強すぎるのが原因らしい」

言われてみれば、屋敷の猫達が御影に近寄っていくところは見たことがない。御影が避けている上に、元々警戒心が強く人に懐かない猫達と言われていたので、気がつかなかった。

「……大丈夫だ。心の中でも可愛いと思わないよう、個体の識別はしないように、視線をやらないようにしている。だから君も近づけないでくれ」

何が大丈夫なのかわからないが、徹底している。というか、そこまでしなければならないなんて、本当はものすごく猫好きなのではないだろうか。

「……ど、どんな子……だったんですか」

「え？」

「その、いなくなった猫です……」

聞くのに少し緊張した。悟られないようにするが、声が少し上ずってしまう。
心を落ち着かせるため、スプーンを口に運び、じんわりと口の中に広がる冷たい甘味を味わう。しばらく反応がないので顔を上げると、御影はびっくりした顔で琥珀を見ていた。

「あ……もしかして、小さい頃過ぎて覚えてませんか？」

「……いや、覚えている」

「何てお名前の猫だったんですか」

「……白檀《びゃくだん》だ」

御影の声で紡がれるその響きに心臓がどくりと揺れた。
そして御影がほんのりと頬を染めて目を伏せたので、目を見張った。

「白檀は俺が生まれる前から家にいた猫で……元々そこまで気難しい猫ではなかったようだが、俺と波長が合ったんだろうな。俺が生まれてからはずっと俺にだけ特別懐いていた。家にいる時はいつも横にいた」

御影はまるで昔の恋人の話をしているかのようだった。

「白くて、大きな猫だ。元は首輪をしていたが……太っているわけでもないのに、成体になってからもあまりに大きくなるものだから、つけられなくなってしまった……」

話を聞いて琥珀の頭にぼんやりと浮かぶ光景があった。

幼い御影が、紅色の縮緬の首輪を拙い手つきでつけてくれている。

その光景は一瞬で消え去り、目の前の大人になった彼に上書きされてしまう。

「そう……なんですか」

おそらくそれは——。

けれど琥珀は、白檀のことを話す御影の顔を見て、自分が昔その猫だったかもしれないと言う勇気は出なかった。まだそこまでしっかりした記憶もないのに、言ってみて夢見がちな女学生の陳腐な作り話だと思われたら恥ずかしくて生きていけない。

何にせよ動物全般から逃げられがちという御影が、自分にだけ特別懐かれたならば舞い上がってしまうのもわかる。彼の根はおそらく猫好きなのだから。

しかし、琥珀には苦手だから近づくなと言ったくせに……。

白檀に張り合うような不思議な感情が生まれ、面白くない。

琥珀は目を細めて言う。

「御影さま……わたしの父のところの学生さんに、子どもの頃から大変女性にモテない欽三郎《きんさぶろう》さんという方がいるんですが……あまりに女性に好かれないので、初めて向こうから言い寄ってきた女性にころっといって、騙されたことがあるんですよ」

「それがどうかしたのか？」

「……わたし今、それを思い出しました」

「一緒にするな。俺は騙されてなどいない」

「欽三郎さんもずっとそう言ってたらしいです」

「……その、憐れむような目をやめろ」

店を出る時、ウエートレスがうっとりした目で御影を見て、何事か喋っていた。

御影は猫には好かれないけれど、どう見ても女性には好かれている。


カフェを出て、解放感から大きな伸びをしていると、声をかけられた。

「琥珀さん」

見ると菅井志摩子が小さく手を振ってこちらへと歩いてきていた。少し離れたところに志摩子の両親と見られる夫婦もいた。

「琥珀さん、奇遇ですわね。こんなところでお会いするなんて」

「あ……あ、あ、そ、うでふわね」

琥珀の声がひっくり返った。

志摩子は琥珀のすぐ横にいる御影の顔を見て一瞬ぽっと赤面したが、気を取りなおすように眼鏡の縁をクイッと上げた。

「こ、琥珀さんそちらのお方は……」

言われて御影をちらりと見上げた琥珀はダラダラと汗を流した。よりにもよって、銀座の町中で男性と一緒にカフェから出たところを告げ口魔《アナウンサー》の志摩子に見つかってしまった。頭の中を『停学』の二文字が駆け巡る。

「あの、その……ですね」

琥珀が言葉に詰まっていると、御影が代わりにしれっと答えた。

「琥珀の兄の御影だ。普段は仕事の関係で離れて暮らしているんだが、今日は久しぶりに会って買い物を」

「そ、そうなんです！　久しぶりにお兄さまにお会いできて……無理言ってカフェなどにも……うふふふ」

「まぁ、そうだったんですのね！」

「琥珀がいつも世話になっているようだね。今後も親しくしてくれると嬉しい」

「は、はいっ」

志摩子は、はぁとため息を吐いて御影に見惚れていた。両方の頬を押さえたまま、琥珀に顔を近づけてこそっと言う。

「琥珀さんは……お兄さまも美男子ですのね……！」

「そ、そうなんですのよ……うふふ」

琥珀は急かすように御影の背を押して言う。

「そ、それでは失礼いたします！　志摩子さん、また学校で。ごきげんよう」

その場をさかさかと離れて、琥珀は特大のため息を吐いた。

「あ、危なかった……ありがとうございます……信じてもらえたでしょうか」

「大丈夫だろう。さっき行ったカフェでも、会計の時に言われたしな」

「何を言われたんですか？」

「妹さんのかんざし、とても可愛いですね、と」

「え……？」

琥珀はデエトと浮かれていたが、もしかして、傍からは恋人同士には……全く見えていなかったかもしれない。そして、おそらく御影にも……全くそんな目では見られていない。

琥珀は脱力した。いや、少し悔しいがこの場においては幸いかもしれない。

それよりも会計ついでに御影が女性に声をかけられていたことのほうが問題だ。明らかに琥珀のかんざしをダシに、御影に声をかけたかっただけというのがわかる。そんなことが、何故だかあまり面白くない。

そして、気づけば御影の買い物と琥珀のご褒美のカフェは終わってしまっていた。

「もう、帰りますか？」

「そうだな……せっかく来たし、君の行きたいところがあれば、もう一か所くらい行ってもいい」

御影は思ったよりものびのびと銀ブラを楽しんでいるようだった。

「良いんですか!? お兄さま! わたし、帝劇にご一緒したいです!」

「誰がお兄さまだ……」

御影は咎めるように言いながらも、面白がるように、うっすらと笑っている。その表情には妙な色気があって、琥珀は当てられて赤くなってしまう。

そんな赤くなった顔を隠すように、御影の背中を緩く押していく。

帝国劇場は、赤い屋根に白い外壁が眩しい大きな建物だ。

すぐ隣にある、いかめしい赤煉瓦三階建ての警視庁がなおさらその優雅さを引き立てている。いかつい男性と優美な女性が並んで立っているかのようで、少し可笑しい。

行ってみると幸い今日のバレエ公演の切符がまだあった。

切符を買い求め、ラウンジのある広間を抜けて客席に入る。

広々としたホールは天井高くからドーム型のシャンデリアがぶらさがり、天女の天井画が荘厳な空間に映えている。

琥珀は移動中ずっと御影を盗み見ていた。文明から遅れていると思っていた御影は、洋装でお洒落を決め込んでいるわけでもないのに、大理石の柱が立つ広間のラウンジ

でも、金色の壁や高い天井に彩られた客席でも全く見劣りすることなく絵になってい
た。おそらく、生来身に纏う華やかさが都会に負けていないのだろう。
「君は以前にも来てるのか？」
「前に家族で一度だけ。でもその時は戯曲だったので、バレエは初めてです」
勿論楽しみではあるが、せっかく御影と一緒なのだから、もう少しおしゃべりがで
きる場所にすれば良かったと思わなくもない。
それでも、公演は素晴らしいもので、琥珀は夢中になって鑑賞した。そして、終
わった時にはあらん限りの力で拍手をした。

帝劇を出ると、琥珀は感動を言葉にしようと御影を見た。
「す、すごく良かったですね！　その……」
そこまで言ったが、どう表現して良いのかわからず、言葉に詰まってしまった。
けれど、胸に抱いた複雑な感動を単純な言葉で包むと、気持ちまで単純なそれに
なってしまいそうで、結局胸に押し込める。
「俺は仕事柄いろんな書物で知識を蓄えるようにはしているが……文字だけで想像す
るのと実際に見るのはやはり違うな」
「はい。人が踊っているだけのはずなのに、いろんなものが見えた気がします。圧倒

されました」

御影と観られて良かったと、心から思う。

「そうだ！　御影さま、わたし小梅さんと源さんに木村屋《きむら》のあんぱんをお土産にしたいです！　ちょっと買ってきますね」

「待て」と呼ばれて振り返るとお金を渡された。

「それは君が出す要件のものじゃないだろう」

「はい。では、ありがたく」

カフェも帝劇も琥珀のおこづかいを使うことはなかったので遠慮する気持ちはあったが、確かに四季島の使用人に渡すものだし、素直に大人に出してもらうことにする。

琥珀はパンの木村屋總本店の、奥行きの深い通路に入ってあんぱんを買った。その時間は混んでいて、少し時間がかかってしまったが、無事あんぱんを胸に抱き、店から出て御影のいたあたりに戻ってきた。

しかし、そこに御影の姿はなかった。

「み、御影さまー」

きょろきょろと見回し、ヒトの塊に向けて呼んでみるが、見つかる気がしない。しばらく周辺をうろうろと捜し回った。

何故急にいなくなってしまったのだろう。どこに行ってしまったのだろう。色々と考える。はばかりに行きたくなったとか。急用ができたとか。綺麗な女の人に誘われたとか。いや、さすがにそんな理由ではないだろう。

そうして元いたあたりにまた戻ってきた。

もしかして自分を置いて帰ってしまったのだろうか。

目の前を多くの人波が流れていき、ぽつんとそこに立ちつくす。

ふと、胸の中に押しつぶされそうな喪失感が湧く。その感覚は初めてのものではなかった。

自分は遠い昔、御影と離れ離れになったことがある。その時の気持ちだけが、記憶もないままにじわじわと襲いかかってくる。

その時、琥珀の脳裏に、血の落ちた地面に倒れている幼い御影の姿が想起された。

背筋がぞくりとする。

自分は何度も振り返ってそこを離れた。そうしてその時、諦めにも似た悲しみで悟ったのだ。

——ああ、もう二度と、会えない、と。

「琥珀」

すぐ背後に聞き覚えのある声がして振り向くと、捜していた御影の姿があった。

「御影さま！　ど、どこに行って……！」

言おうとした時に気づく。御影は息を切らせていた。

「遅いと思って見にいったら、もう姿がなかった。慌てて戻ったが、そこにもいないし……」

「え……捜してくれてたんですか」

御影が。しかも、慌てて。走って。琥珀は猫のように目を丸くした。

「何かあったのかと……」

なんて心配性なのだ……そう思ったけれど、つまらなそうな顔で息を整えている御影を見たら、先ほどまであった焦りも悲しみも、皆どこかに行ってしまった。

「御影さま、次は……」

琥珀がそう言いかけた時、服部時計店の鐘が周囲に大きく響き渡った。

午後五時だった。帰りの時間のことを思い出し、琥珀は我に返る。

「……そろそろ帰らなければ、母にしかられます」

気をつけてはいたが、最近門限を過ぎることが多かった。劉生の帰りは不規則だが、七時は過ぎることが多いので、琥珀はそのたびに八重子に口止めをお願いしていた。

八重子は琥珀に甘いが、繰り返せばそうもいってはいられないだろう。

「君はここから市電に乗るのか？」

「いえ、御影さまと一緒に一度屋敷に戻ってから、自転車で帰ります」

「そうか」

一緒に銀座を出ようと歩いていたが、ふと、細い通りに目がいった。夕方の細い道は柳が茂っていて薄暗い。

「御影さま、あそこを通ると近道になりませんかね」

何の気なしに口に出して言うと、近くで日傘をさしながら井戸端会議をしていた壮年のご婦人の一人が声をかけてくる。

「あら、その道は木が多くて暗いし、行かないほうがいいわよ」

「大丈夫です。まだそこまで陽も落ちてないし、わたし、夜目がきくほうなんです」

「そうじゃなくてね……その道は出るらしいのよ」

思わず御影の顔を見た。が、いつも通りの無表情だったので、すぐに目の前の女性に視線を戻す。

「出るって……」

「木の上に沢山の目玉があって睨まれたとか、背を叩かれて振り向いたけれど、誰もいなかったとか……妙な話が多いのよ！」

「じゃあやめとくか」

御影があっさりと言って踵を返そうとしたので慌てて追いかけた。袂をがしっと摑んで引き留める。

「み、御影さま……どこ行くんですか！　お仕事ですよ！」

「誰からも依頼などされていないだろ」

「変なのが出たら町の人が危険じゃないですか！　行ってみないと」

「実際に被害が出ていれば俺の耳にも入るはずだ。それがないということは、ただの噂か、さしてヒトに害することもない幽霊の類だろう」

「い、一応見ていきましょうよ！」

「仕方ないな……」

しつこく言うと御影はあっさり諦め、その通りに向かってさっさと歩き出した。

「ま、待ってください！　心の準備がまだ……」

「モタモタしていると君の帰宅が遅くなるだろう。さっさと行くぞ」

その道はそんな話を聞いたあとだと、余計に鬱蒼と感じられた。

琥珀は無意識に足を速めていた。自分から言い出したことだったが、こんな道はさっさと抜けてしまいたい。

がさがさ。

「みっ、御影さま！」

つい大声で呼んだ。

「……風で柳の枝が揺れただけだ」

「っ、御影さま、何かいますか？」

「特に何もいないから君はきちんと目を開けて歩いたほうがいい」

「は……はい」

御影がいないと言うなら大丈夫だろう。

目を開けると、御影が呆れたように目を細めて琥珀を見ていた。少し落ち着きを取り戻して小さく息を吐く。

「……大丈夫そうですね。薄暗いだけで……」

そこまで言って、目の前の道を見た琥珀は言葉を失った。

さきほどまでは何もなかった道に、何かがいた。

赤い夕陽が弱く差し込む薄闇の中に、球体が、ぽん、ぽん、と跳ねている。

丸まった猫ほどの大きさがある球体は、ヒトの皮膚のような薄橙色で、幾つもの傷のような裂け目がある。何だろうと見ると、突然それが開いて複数の大きな目玉がぎょろりとこちらを見た。

「ひ、みぎゃああ！」

あまりの気色悪さに琥珀が悲鳴を上げる。

「なるほど……ほとんどの人間は見えないだろうが、中には感覚のある者がいて、視てしまったり、気配を感じたりして、噂になっていたのだろうな……」

琥珀が気づいてしまったからなのか、肉塊の大きさが先ほどより増した。猫くらいの大きさだったそれは、今はもう犬くらいの大きさになっていた。

肉の球体は心なしか嬉しそうにさえ見える動きでぽん、ぽん、と大きく弾み、こちらに向かってくる。

「み、御影さま……」

また、無意識に彼を護ろうと前に出ようとした琥珀を、御影が手で制した。

そうして、驚くほどの無表情で呪を唱え、すっと印を結んでいく。

ぽん、ぽん。

そうしているうちにも、薄橙色の球体は弾みながら近づいてくる。

近づくごとに大きさを増していた肉塊は幼児ほどの大きさまで膨れ上がると、こちらに向かって大きく飛躍した。

「滅せよ。急急如律令」

巨大な肉塊は飛び上がった空中で、青い炎にごうと包まれる。炎の中で数瞬うごめいていたが、すぐに大量の飛沫《しぶき》をぶちまけながら破裂した。

形が残った小さな塊が琥珀の顔に向かって飛んできて、琥珀はとっさにそれを手の中に受けた。

「びにゃあぁ！」

　それはぎょろりとした目玉が幾つもついた丸い肉塊だった。手の中でうごうごと動き、ヌルついている。

「ひー、に、肉片！　猟奇事件です！」

「落ち着け、琥珀」

　御影が片手を差し出してきたので空いた手でぎゅっと握る。思ったよりずっと手が大きくて、ドキドキした。

「違う……それを寄越せ」

「えっ……あ、はい！」

　渡すと御影は手の中のそれを検分した。

「これは『太歳』の仲間だ」

「え？　何ですか？」

「太歳神は陰陽道における八の方位神の一人の名だが、大陸では木星の鏡像として、その動きに呼応して地中を移動する肉塊の形の祟り神の名だ」

「祟るんですか？」

「ああ、樹木や草木を好み、その位置で伐採や建築をされるのを嫌う。古くは祟りを信じず不用意に掘り起こした一族を滅ぼしたとも言われている」

「そ、そんな危ないものに速攻で喧嘩売るなんて！　御影さまはどうしてそう破滅的なんですか！」

「少し落ち着け。そんなものがいたらここらで人死にが複数起こっているだろう。そうでないのだから、これは元は同じでも、似て非なるもの……地中を移動するだけで何もしない、ただの妖怪だ。『肉人《にくじん》』とも呼ばれる。強い自己再生能力があり、食べると不老不死になるが、災いが降りかかるという伝承がある」

御影の手の中の肉塊を見る。もし不老不死になれるとしても絶対に食べたくない。

「何にせよ地上にはあまりいない奴なんだが……」

「何でこんな町中にそんなものが……」

琥珀の言葉に御影は「そうだな……」と言って顎に片方の手を当て考え込んだ。

「今、銀座の地下には瓦斯管がびっしりと張り巡らされている。地中にいた太歳は地脈が乱されたことで居場所を追われたんだろう」

彼の手の中でお手玉くらいのサイズにおさまった球体をじっと見つめる。今はぱちぱちと細かい瞬きをしている。小さくなり、害がないと知ると、ふにふにしていて可愛い気もする。

「それ、どうするんですか」

「ひねりつぶすか……」

「ちょっと貸してください！」

危機感を覚えて奪い取った。ヌルヌルしているのは嫌だが、無害だと知ると、口や歯がないので警戒する気にはなれない。そもそも、この妖怪は琥珀が触れても何の感情も伝わってこない。

「御影さま、これ……ひねりつぶすしかないんですか？」

「まぁ、その大きさなら無害だし、どのみちほとんどの人には見えない。そっと置いていってもいいが」

「でも、握っていたらだんだん愛着が湧いてきました……この子、御影さまのお屋敷に置いてくれませんか？」

御影は目を丸くした。

「……本気か？」

「え？　だって、無害なら別に良くないですか？」

「いや……陰陽師の家にこんなものは……」

「お願いします！　わたし、ちゃんとこの子のお世話もしますから！」

「世話って何だ。猫とは違う……世話はいらない」

「お、お願いします！　何か、置いていくのは可哀そうです！」

御影は琥珀をちらりと見て目を細め、おもむろに深いため息を吐いた。

「その目の色のせいだと思うが……君といると幼い頃の感覚をよく思い出す……」

「え？」

御影は遠い目をして考え込んだ。

「……俺は、幼い頃はあやかしを祓うのが嫌いだった」

「え？　あやかしが嫌いなんじゃなく……祓うのがお嫌いだったんですか」

「ああ……死んでいる者をまた殺しなおすような気がして、嫌だった。だから今もあやかしは嫌いだ。陰陽師になど……なりたくなかった」

「…………」

「俺はもしかしたら、力ずくで〝祓う〟よりは、どうにかして〝供養〟するほうが性に合っているのかもしれないな」

御影は自嘲めいた笑みをこぼし、つけ加える。

「無論、それが通用しない相手もいるし……常に容赦するなという父の方針とは真逆だがな」

御影は手を差し出してきた。その手を条件反射でぎゅうっと握る。

「違う……それを寄越せ」

「あ、はい」

御影はそうして、ため息交じりに肉塊を受け取った。連れて帰ってくれるということだろう。御影は何だかんだ最後にはいつも、琥珀の願いを聞いてくれる。

「でも、なりたくなかったのに、御影さまはどうして今、陰陽師をやられているんですか」

ふと気になって聞きたくなったがすぐに愚問だと気づく。御影は陰陽師の家に生まれた一人息子だ。きっと当たり前のようにそうなったのだろう。

顔を上げると御影はぽかんとした顔をして、しばらく黙っていた。

やがて、ぽつりと呟くように言う。

「何でだろうな……」

「えっ」

「父が死んでから、馬鹿みたいにやたらと仕事をしていた時もあったが……四季島の血なんぞ、馬鹿馬鹿しいものだ。辞めてしまってもいいかもしれないな……」

「ま、待ってください！　そんな……困ります！　御影さまはすごく勉強して、頑張ってらっしゃるではないですか」

「そんなものは、惰性だ」

「だ、惰性にしては大変すぎませんか？」

御影は静かに琥珀を見て、また疲れたような息を吐いた。

「妖怪変化《へんげ》などの魑魅魍魎《ちみもうりょう》が出てこられるのは逢魔時《おうまがどき》から夜明けまで。近代化でこの東京から夜の闇は追われている。どのみち放っておいてもいつかは全て消えていく。大正の世に化物は減り、陰陽師の霊力も落ちている……どちらも衰退の一途だ」

「…………」

「だから俺は、魑魅魍魎と共に、ゆっくりと消えていくのを待っている」

御影の、答えになっていないような言葉は、どこか投げやりで、すさんだ悲しさがあった。

けれど、万年筆を手に子どものような笑みを見せた御影を思い出す。

あの時、僅かながらに彼の素の顔が見えた気がした。

琥珀はやっぱり御影を護りたいし、御影のあんな顔をまた見たいと思うのだ。

その後、屋敷に持ち帰られた太歳は庭に放たれ、土の中に潜っていたり、出てきたりしていた。木の上にいる時もあれば、屋根の上で呑気に昼寝をしていることもある。たまに猫が舌なめずりをして飛びかかろうと構えているのを見かける。そんな時は琥珀が猫達に捕ってはいけないと教えるのだった。

第五章

夫婦牡《ぼ》丹《たん》灯《どう》籠《ろう》

琥珀の女学校も夏休みに入り、毎日のように昼過ぎに四季島家に通っている。

その日、琥珀が四季島家へと向かっていると、門から和装の女性と袴姿の男性が出てくるのが見えた。誰か来客があったようだ。依頼人のお客さまだろうか。

琥珀は自転車を降りてそこに立ち、お客の背を見送ってから屋敷の門をくぐった。

猫にご飯をあげていると、頭にぽつりと水が落ちてきて、小雨がぱらぱらと降り始めた。

「琥珀ちゃーん、御影さまが中に入るようにって」

琥珀は小梅に呼ばれて縁側から中に入れてもらった。

「御影さまは？」

「調べものがあるとお部屋に戻られたけれど、いただきもののシュークリームがあるから、ここで琥珀ちゃんと食べなさいって」

「え、わぁ！　嬉しいです！　源さんも呼びましょう」

琥珀が声を上げると源造も入ってきた。

「あぁ？　しゅうくりぃむだって？　そんな甘ったりぃ軟弱なもん……ぜひともご相伴にあずかりたいねぇ」

調子良く言って笑った源造も座卓についた。

いただきものということは、先ほど来ていたお客が置いていったのだろうか。

ふと、畳の端に写真が広げてあるのに気がついた。写真は台紙に綺麗に貼られ、金に縁取られた上等な表紙もついている。

「これはどなたですか？　ずいぶんとお綺麗な方ですね」

着物姿だが、どこかモダンな雰囲気もある大人の女性は、見ただけで憧れてしまうような眩しさがあった。

「あぁ、それは……御影さまのお見合い相手の写真じゃないかしら」

「えぇっ！　御影さま、ご結婚なさるんですか!?」

とたん、さきほどまで素敵に見えていた写真の女性が憎たらしく思えてきた。シュークリームまで嫌いになりそうな気持ちになった。

「陰陽師関係の人間の中には、目立って実力のある御影さまと自分の娘を結婚させたい人間もいるとかで、こういう話はよく来るみたいですよ」

「では……さっきのご夫婦も陰陽師関係の方なのですね」

何となく近寄りたくないと思って顔を合わせずに門に入ったが、正解だった。それにしても見合いなんて、なんと余計なことをするのだ……。

憤慨する琥珀の背後で源造がゲラゲラ笑う。

「見合いなんてしてもどうせうまくいかねぇよ。今までだって何件もあったんだよ。ンなこと何回したって坊っちゃんに結婚する気がねぇんだから、うまくいくわけねぇだろ」

「……ないんですか？」

「ありゃあねぇだろなぁ……」

「でも、そうすると、家が途絶えてしまいません？」

「坊ちゃんは大正の世に陰陽師は数はいらねぇと思ってるみてぇだし……そもそも旦那さんとの仲が険悪だったから……途絶えて上等なんじゃねぇか」

「そんなに不仲だったんですか？」

「ああ……何つうかこう……空気がヒンヤリしてたんだよ」

黙って聞いていた小梅が口を挟む。

「旦那さまと御影さまは確かに不仲でしたけど……それでも、私は御影さまが血を絶やしたいと思うほど旦那さまを憎んでいるとは思えませんけどね。親子ですもの……今だって跡を継いで立派にお仕事なさってるじゃないですか」

確かに、そこまで憎んでいるならば、さっさと辞めているかもしれない。

御影は半ばやけっぱちになり、迷いつつも、結局真面目に陰陽師をやっているように見受けられる。

「そうは言っても、あの二人の確執は根が深いっつうか、そう簡単じゃねぇだろ」

確執。何かあったのだろうか。しかし、聞きにくい。

よくわかっていないが、しっかり気になる顔をしている琥珀に、源造が気づいた。そして、苦い顔で頭をガリガリ掻《か》いてから教えてくれた。

「あ～、坊ちゃんがガキの頃は……坊ちゃんが厳しい旦那さんにビビりつつも、妄信して素直に従っていたんだよ。旦那さんも優秀な陰陽師だったからな。まぁ、よくある親子関係だ……」

源造は少し、しんみりした顔で続ける。

「ありゃあ坊ちゃんが十かそこらの頃だ。持ち込まれた遺品の処理に旦那さんが手間取って、大怪我をしちまった……」

「大変なお仕事ですね」

「いやいや、問題はそこじゃねェんだ。旦那さんが手間取ったソイツを、坊ちゃんがあっさり祓っちまったんだ」

「え……」

「十かそこらでとっくに超えちまってたわけだ」

「超えられる……ものなんですか」

「……勿論陰陽師ってぇのは霊力だけじゃねぇ、知識もいるんだろうしよ、坊ちゃんは何だかんだ旦那さんに比べりゃガキで心は未熟だ……」

源造は思い出すような目で続ける。

「けど、あンとき屋敷にいたモンはみんなそう思ったろうよ……そんくらい圧倒的で、余裕だった……」

「御当主さまは……その時、何と？」

「ああ……表面上はいつも通りだよ……坊ちゃんは勝手なことすんなってしかられた……親父さんの仇討ちってんじゃねえけど、褒めてもらえると思ってたんだろうなあ。可哀そうに、ションボリしてたよ」

「そんなことが……」

「あっこからだな、あの二人がおかしくなったのは……実力は逆転してんのに力関係はそのままなわけだから、そりゃあ歪《いびつ》ってなもんよ」

聞いていた小梅が、しかめっ面で源造に言う。

「私は陰陽道のことはわかりませんけどね。御影さまは能力がどうだとかで図に乗るような方じゃないんですから……旦那さまが素直に褒めてあげれば良かったんですよう……」

小梅の言葉に源造が苦笑いして言う。

「そりゃあ……あの旦那さんにはまぁ……無理ってなもんよ」

劉生は幼少期、琥珀が何をしても大げさに褒めてくれた。聞けば聞くほど正反対だ。

源造はお茶をずずと飲んで、見合い写真に視線を戻す。

「それに、清門ンとこの一族がいるからな。結婚して子なんて生まれた日にはあいつらに攫《さら》われるかもしんねぇよ？」

「やだ、いくら何でもそこまではしないでしょう……」

「どうだかな……あそこの家は、ともすりゃ陰陽を人殺しに使いかねねぇだろ」

「清門さんは御影さまの信奉者だし、そのお父さまは陰陽の力なんてほとんどありゃあしないらしいので、そんなことできませんよう」

物騒な話に夢中になっている二人の目を盗み、琥珀は見合い写真を天袋にそっと隠した。そして、何食わぬ顔で冷めたお茶を飲む。

縁談のことは御影にはなるべく早く忘れてほしい。

日暮れ時に琥珀は小石川の自宅に帰宅した。

「ただいま帰りました」

「おかえりなさい」

母がにこにこしながら出迎えてくれた。

「そういえばさっきご近所で聞いたけど、伽耶《かや》ちゃんが今、家に帰ってきているんですってよ」

「えっ、本当ですか？」

伽耶は尋常小学校時代に仲良くしていた幼馴染みだ。歳は琥珀より三つ上だからもう十九歳になるだろうか。

昔はよく遊んでもらっていたが、伽耶は二年前、以前から決められていた相手に嫁ぎ、湯島天神《ゆしまてんじん》近くの本郷区《ほんごう》菊坂町《きくさか》へと引っ越していった。

目と鼻の先の近所にいる友人というのは、少し離れると会う理由を見失いやすい。会おうと思えばいつでも会える距離なのに、そこからすっかり疎遠になってしまった。

伽耶が戻っていると聞いて、琥珀は会いたくなった。

「わたし、ちょっと会いにいってきます」

玄関先で踵を返した琥珀に母が慌てて声をかける。

「お夕食までには戻るのよ」

「はあい」

琥珀の住む自宅は小石川区の小日向武島町にある。川が大きく『へ』の字に屈曲している、大曲《おおまがり》と呼ばれている場所の近くだ。

川沿いを少し西に行くと石切橋《いしきり》があり、近くには有名な、はし本《もと》という鰻屋があり、その近くに伽耶の家はあった。飯時近くに遊びにいくと、いつも鰻のいい匂いがしていた。だから琥珀は鰻の匂いを嗅ぐと、伽耶のことを思い出す。

伽耶の婚約が決まったのは伽耶が十三歳、琥珀が十歳くらいの頃だったろうか。琥珀の周囲でも恋愛結婚に憧れを燃やす子は多いが、結局は家長である父が決めた相手に嫁ぐ子が圧倒的に多い。良家の子女ともなればなおさらだ。

石切橋の上で伽耶の婚約の話を聞いた日のことを琥珀はまだよく覚えている。


その日の朝から伽耶は元気がなかった。

琥珀が何かあったのかと水を向けるとつまらなそうに言う。

「昨日……あたしの婚約が決まったのよ」

「えっ、どんな方？」

「神田《かんだ》の北神保町《きたじんぼう》にある出版社のご子息だという話よ」

名前を聞くと琥珀も知っている出版社だった。元々は印刷業を営んでいたが、明治に入って翻訳や出版を始め、多くの人気作家を抱える出版社となった。伽耶の婚約者は創業者の息子でそこの重役ということだった。

伽耶は不安から苛ついているようだった。

「お母さまはまだ早いって言ってたのに、お父さまが強引に決めてきたのよ。そうなると、もう誰も何も言えないわ……」

「神田なら見にいけるね」

そう遠くない場所なので親に連れられていったことは何度かある。琥珀がぽつりと呟いた言葉に伽耶はぱっと顔を上げた。

「……行く」

「え？」

「あたし、見にいくわ。琥珀、一緒に来て」

「いいよ」

こうして琥珀は伽耶と一緒にこっそり彼女の婚約者を見にいくことになった。とはいえわかっているのは会社の名前だけだ。簡単に会えるとは思えない。それでも伽耶はじっとしていられなかったのだろう。

伽耶は普段は落ち着いた姐御肌だったが、何かあった時に見せる気性の荒さは目を見張るものがあった。

一緒に遊んでいて、歳上の子達と場所の取り合いで小さく揉めるようなことがあっても、伽耶は一歩も譲らない。粗雑な男の子にすれ違いざまに野次を飛ばされた時も、わざわざ戻って文句を叩きつける。

ただ、大人しく従順な子であった琥珀とはぶつかり合うところがなく、二人は喧嘩一つしたことがなかった。

伽耶は琥珀を本当の妹のように可愛がってくれた。伽耶は悪くいえば向こう見ずで無鉄砲なところがあったが、良くいえば明るく積極的で、琥珀は彼女のそんなところが好きだったし、一緒にいるとわくわくすることが多かった。

市電に乗って小日向武島町を出て、二人は神田の裏神保町の通りに出た。

神保町には詰襟の学生達が多く、路上で難しそうな議論などを交わしている声も聞こえてくる。当時、まだ尋常小学校の四年生だった琥珀にとって、彼らはとても大人に見えたし、国の在り方について強い思想を持った学生達の姿は、どこか別世界の人間のように感じられた。

琥珀と伽耶はあてどもなくあたりを歩き回り、ほどなくして、名前しか知らなかった伽耶の婚約者の会社を、屋号をのせた大きな看板のおかげで発見することができた。

一階は書店で、二階が出版社となっている。伽耶と琥珀はしばらく店の軒先が見える場所にじっと立っていた。

琥珀はしばらく緊張していたが、店を出入りする人を漫然と眺めているうちに少し退屈になってくる。

琥珀は伽耶が店員に尋ねるかと思ったが、伽耶はそれはしないと言った。勝手に突然押しかけた身で、呼び出すわけにはいかない。そんなことをすれば厳格な伽耶の父の逆鱗に触れると言って、嫌がった。

常識的に考えればその通りなのだが、普段の伽耶を知る琥珀には意外に思える。重役は店先には立たないだろう。件《くだん》の人はもしかしたら上にいるかもしれないが、都合よく出てくるとは限らない。

このままだとおそらく会えない。そんな気配がしてきた。

収穫なく冒険を終えるだろうと思っていたところ、建物から出てきた人を見て、伽耶が小さく声を上げた。

「琥珀、あれ」

伽耶はおそらく見合い写真の顔を何度も見ていたのだろう。「本当に？」と聞くと「間違いないわ」と返ってくる。

線の細い優しげな人だった。伽耶は異様に気が強く、喧嘩っ早いところがあるので、いかにもな亭主関白な男よりは良いのではないかと思った。

「声をかけないの？」

そう聞いたが、伽耶は息を詰めたようにその人から目を逸らさず、首を横に振った。だから、たった数十秒姿を目に入れただけで帰路につくことになった。

それなのに、帰り道で伽耶はずっと愚痴っていた。

「優しそうだけど……頼りなさそうな人だったわね」だとか「お父さまとは違う種類の人ね」だとか「あの人、歩く時に花を避けていったわ。男のくせに、そんなのを気にする人なのね」だとか、ひっきりなしに言っていた。

確かにあまり豪胆な人ではなさそうだったが、そこまで気に入らなかったのだろうか。そう思って、顔を上げて伽耶を見る。

伽耶の顔は真っ赤だった。

その瞬間、琥珀にはわかってしまった。伽耶は素直に頬を赤らめて「素敵」と言うような性格ではない。琥珀がはじめ悪口と思って聞いていたそれは、おそらく全て好意からの感想で、彼女はきっと、未来の夫に一目惚れしたのだと。

その時の伽耶の顔は見たことのないもので、いまだに琥珀の記憶に焼きついている。


そんなことがあったので、親の決めたものとはいえ、彼女にとって幸せな結婚だったのだろうと思っていた。突然帰ってきたのも子ができた報告だとか、めでたいことに違いないと、勇んで家へと訪ねていった。

伽耶の家へ着くと、部屋へと通された。その後ろ姿に声をかける。

「伽耶ちゃん。帰ってきてるって聞いたから、会いにきたよ」

「……琥珀？」

伽耶は冷静な顔で、琥珀にすっと視線を向けた。

以前の伽耶ならば、すぐに笑って「久しぶり！」と声を上げ、手のひらを合わせていただろう。

　二年ぶりに会った友人の顔は、少し痩せ、紅をさしていて、想像よりもずっと大人だった。あの頃の伽耶とつながらなくて、どこか知らない女性のように感じられる。

　それだけでなく、伽耶の顔は青白く、何かを思い詰めているような、危うげな印象を受けた。

「元気してた？」

「ええ。琥珀も……」

「元気だよ」

　そのまま家族や女学校の友達の話などしたが、以前の伽耶らしさがない。どこか上の空の対応だった。

「伽耶ちゃん、元気なくない？　何かあった？」

「いいえ、別に……いつも通りよ」

　もし落ち込んでいるのならば力になりたいと思っていたが、彼女の返事はよそよそしいものだった。

　彼女は結婚して、新しい町で新しい人間関係と共に暮らしている。たった二年だがあの頃とは何もかもが違うだろう。変わらず同じ町にいる琥珀のことは遠くなってしまったのだ。会わない間に、すっかりと離れてしまった感じがした。

寂しく思うが、それはもしかしたら会いにいこうと思えばいつでもできたそれをしなかった自分のせいでもあったのだと思う。どちらにせよ本人が話したくないことを無理に聞き出すのは違う。琥珀は諦めて帰ることにした。

部屋を出ようとして振り返った琥珀は動きを止めた。

伽耶が泣きそうな顔をしていたのだ。

「ど……どうしたの？」

「あたし……琥珀と遊ぶの本当に大好きだった。琥珀を見ると、楽しかった子どもの頃をどんどん思い出す……あの頃は良かったって……」

伽耶が洟《はな》を啜りながら絞り出すその声は低く掠れて、くぐもっている。

「……大人になった時のことなんて、ずっと想像つかなかった。琥珀と一緒に木登りして、道端の猫触って、その日が楽しければ満たされていた」

伽耶の顔を見る。泣きそうで泣いていない。伽耶は辛いことがあっても決して泣かない女だ。だからその顔は余計に悲愴なものに見えた。

「……あたし、あの頃から、すごくすごく遠くに来てしまった」

琥珀は伽耶の前に取って返して、その腕をぎゅっと摑んだ。

「琥珀……聞いてくれる？」

「うん」

「その……誰にも言わないでほしいのだけど」

「ええ」

そこから、伽耶は膝に置いた拳を握りしめ、長く黙っていた。よほど口にしたくないことなのかもしれない。何か言おうとしては唇を噛む仕草を繰り返している。

「……琥珀、牡丹灯籠を知っている？」

「え、あの……怪談の？」

『牡丹灯籠』は落語家の三《さん》遊《ゆう》亭《てい》圓《えん》朝《ちょう》が牡丹燈記《とうき》などを基に作った、有名な怪談噺だ。若い男が美しい女性と恋仲になり、夜に逢瀬を重ねるが、女は実は幽鬼で、それを知った男が逃げようとするが取り殺される——そんな話だ。

そうして、伽耶は自分の身に起こったことを話してくれた。

翌日の日曜日。

琥珀は御影の部屋の前まで行って襖をてしてしと叩いた。

「御影さま、御影さまー。開けてください」

結界があって自分では開けられないのでしつこく叫ぶ。と、御影は襖を開けてはくれたが、琥珀をじろりと一瞥しただけで文机の前に戻り、書物に視線を落とした。琥珀はその背後に正座して言う。

「実は、大変言いにくいのですが、わたしの知己に悩みごとがありまして……御影さまにご相談したいのです」

「断る」

「早いです！　せめて話を！」

「……若い女の悩み相談なんて、俺にできることはない」

御影はそう言って本をぱたんと閉じると、敷いてあった布団にもぞりと入り込んだ。

「調べものが多くて昨夜遅かったんだ。少し寝る」

「あぁっ！　御影さま！　まだお昼ですよ！」

「寝る。出てけ」

「うう……ここのところお昼に寝てばかりではないですか……もう少しわたしと遊んでくれても……じゃなかった、相談を聞いてくださいまし！」

琥珀は枕元で伽耶との思い出をせつせつと語り、彼女がいかに自分にとって大事な幼馴染みであるかを熱弁した。

「……それで、伽耶はわたしの描いた絵を見て、いつも涙を流して大笑いしていたんです。酷いですよね、でも伽耶が笑っているのを見ると、どうでも良くなってしまうんです。年上なので、大抵のことは伽耶に敵わなかったんですけど、木登りだけはわたしのほうが上手で、どこかに出かけて登りやすい木があると、登ってとねだってくるのです。その時はいつも、すごいすごいと褒めてくれてました。それから一緒に遊ぶ時はいつも……」

御影の応答がない。もう眠ってしまったのだろうか。そう思ってまじまじと覗き込むと、ぱちりと目が開いた。

「うるさくて眠れない。枕元でにゃーにゃー騒ぐな。猫娘」

「にゃーにゃーなど言ってないです！　では、相談にのっていただけますか？」

「それに関しては、寝てようが起きてようが俺にできることはない」

「いえ、その……伽耶の旦那さまがですね」

「……何だ？」

「取り憑かれているらしいんです」

「は？」

伽耶の夫の国政《くにまさ》はある日、明け方に花の匂いを纏い帰宅した。散歩にでも出たのかと思っていたが、ふと、夫の着物の背に藤の花びらがついているのに気がついた。

そして、国政はその日を境に週に一度、夜半過ぎに外に出かけていくようになった。

明け方に帰ってくると、いつも花の匂いを身に纏っている。

ある晩、伽耶が思い切って国政のあとをつけると、夫はある屋敷の庭にいた。

藤の花が咲き乱れ、風で花びらが散っているその下で、夫の首元に女がすがりついているのが見えた。

「その屋敷というのが、先の戦争で軍人の主人を亡くした寡婦が一人で住んでいたところらしいのですが、その寡婦も一年ほど前にあとを追うように自死して、今は空き家らしいのです」

御影の反応はない。琥珀は一人で語り続ける。

「……死んだ寡婦が、寂しさから若い男を引き込み、呼び出しているのではないでしょうか。伽耶は、このままだときっと旦那さまは殺されてしまうと言ってました」

伽耶に何とかしてくれと言われたわけではない。

お姉さんのような立場だった伽耶は琥珀に助けを求めたりはしない。だから、本当にただ聞いてほしかっただけなのだと思う。

けれど、琥珀は伽耶の顔を思い出すと、いたたまれない気持ちになる。

「御影さま、わたしは伽耶の纏う危うさが、ともすれば伽耶自身が何か怪しげなものに呑み込まれて怨霊にでもなりそうな感じがして……怖いのです……」

伽耶はいつも明るく、気丈だった。

カラッとした笑顔からは怪異などとは無縁で生きていると思っていた。けれど、夫におかしなことがあってから、まるで伽耶のほうが何かに取り憑かれているかのように感じられた。

「その……御影さまならば、きっと何とかしてくれると……」

枕元でとつとつと話すと御影はむくりと起き上がった。

「……わかったよ」

御影は部屋を見回し、床に散らばっていた細長く四角い和紙を手に取り、琥珀に向かって突き出した。

「琥珀、これに、そこの筆で絵を描け」

「えっ、絵ですか？」

「そうだな……花の絵がいい」

「わかりました」

向日葵の花の根元に猫がいる絵を描いた。なかなかうまく描けたと思ったが、御影はそれを見て勢いよく顔を背けた。

見ると、身を捩りながら静かに、苦しそうに笑っている。

「わ、笑うことないじゃないですか！　ここに猫もいますよ。どうです！」

「逆立ちしても猫に見えないものにどうもこうもないが……ぐっ」

御影はひとしきり笑うとそれを袂に入れ、立ち上がった。

「君の友人の夫婦の家はどこにある？」

「本郷区の菊坂町です」

「その近辺に、藤の花の幽鬼の出る家があると」

「そのようです」

「……どうせやることもないし、見にいってもいい」

「御影さま！　ありがとうございます！」


琥珀は御影と連れ立って、本郷区菊坂町の緩い下り坂を歩いていた。

夏真っ盛りの陽射しは強い。歩いているとすぐに汗がにじむ。

書籍の町、神田区神保町からほど近い本郷区周辺は夏目漱石、石川《いしかわ》啄木《たくぼく》、樋口《ひぐち》一葉《いちよう》、森《もり》鷗《おう》外《がい》などの多くの著名な作家が居住地にしていたと聞く。

近隣なので幼少期に両親と来たことも何度かあり、その際に父から聞いた時には何も思わなかった。

けれど、年月を経て何冊か文学を嗜んだあとでは、この道をもしかしたら作家達が歩いたかもしれないと思うだけで、琥珀の心は浮き足立つ。同じ道の見え方が心持ち一つでこんなにも違う。

伽耶の家は菊坂通りから路地を一本入ったところにあると聞いていた。

結婚して引っ越す時、いつでも遊びにきてほしいと言われていたが、行ったことはなかった。それを後悔する気持ちもあって、先日は絶対遊びにいくと約束していた。

大人同士の関係では文を出していついつに行くと前置きするだろうが、それは伽耶と琥珀の関係にふさわしくない。直接訪ねることにした。

しかし、角を曲がってしばらく行ってもそれらしき家はない。

「御影さま、道を間違えたみたいです」

「場所はわかってるのか？」

「ええ、確か……質屋の近くの路地を曲がると……」

引き返そうとして、低い石塀が連なる細い通りに、朽ちかけた空き家があるのが見えた。

ふと、気になるものが目に入る。

庭に目立つ藤棚があったのだ。

「御影さま、ここ……現場だと思います」

「待て。琥珀、すぐにちょろちょろ動くな」

御影がそう言った時、琥珀はすでに朽ちた門を開き、前庭へと足を踏み入れていた。

藤の花は散り、それを掃除する者もいない庭は荒れていた。

「これは、咲いていたら、さぞ見事だったろうな……」

結局あとから入ってきた御影がぽつりとこぼす。

伽耶の夫が花びらをつけて帰ってきたのが藤の花が咲く五月頃の話だとすると、少なくとも二か月以上は抱え込んでいたことになる。その間に、明るかった伽耶の心は変質してしまったのだろうか。

琥珀はきょろきょろとあたりを見回したが、特に変わったところはない。

しかし、御影は難しい顔をしている。

「君の友人は……このままだと夫が殺されてしまうと言っていたんだな？」

「はい」

「御影さま、何かわかったのですか？　わたしには、何もわからないのですが」

御影は「ああ……まぁ」と曖昧に頷いたあと、「とりあえず、君の友人の家に行こう」と言った。

「あ、はい」

「君の友人の旦那はいるかな」

「お休みですし、多分……いらっしゃると思います」

伽耶の話では会社の創設者の息子で重役となっているだけで、特別有能なわけではなく、忙しく働いているようでもないという。

伽耶が夫婦で暮らしている家は藤棚のある空き家から二つほど先の角を曲がった場所にある、綺麗な一軒家だった。

表札を確認して戸を叩くと、伽耶はすぐに出てきてくれた。

「伽耶ちゃん、来たよ」

「琥珀……本当に来てくれたのね」

琥珀の横に、すっと御影が出る。

「ええと、わたしがお世話になっている方で……」

「陰陽師の四季島だ」

「陰陽師の……？」

伽耶は目を丸くしたが、やがて、口元だけでにぃっと妖しい笑みを浮かべた。

「では、夫に取り憑いたあれを祓ってくださるんですか」

「そのつもりで来た」

御影に表情はない。

「ただ、確認しておきたいが……あなたの旦那に取り憑いたという、藤の花の女は本当に祓ってもかまわないか？」

「え……？」

「あなたがもし、元の生活を望むのならば、俺は祓う……このままだと、旦那はやがては殺されるのだろう？　だが、もしもそれが望みならば……このまま帰る」

なんて物騒な確認をするのだ。

ぎょっとする琥珀をよそに、伽耶はきゅっと下唇を噛んで沈黙した。

けれど、やがて気丈な瞳で頷いた。

「祓って……ください」

薄暗い廊下を伽耶のあとについて進む。

居間のちゃぶ台の前にひょろりとした頼りなげな風貌の男がいた。

こちらも琥珀の記憶よりは大人になっていたが、確かにあの時に見た男だった。頼りがいはなさそうだが優しげで、ざっくりとした印象は変わらない。ただ、あの頃と比べると、どこかうつろな目をしていた。

「……お客さまかい？」

「陰陽師の方……」

「え？」

国政は怪訝な顔をした。

「このままだとあなたが殺されてしまうかもしれないと思ったから……来ていただい

たの」

そう言った伽耶の目は、爛々と輝いていた。

御影が国政の目の前に出て言う。

「国政さん、話を聞いたが、あなたが夜に会っている女は間違いなく化物だ」

国政はぎょっとした顔で御影とその背後にいる伽耶を見上げた。彼の顔は見る間に青ざめていく。

「夜に……な、何の……ことですか」

「藤の花の女のことだ。あれはヒトではない」

しばらく、国政は何も答えなかったので、室内を重苦しい沈黙が満たしていた。

国政は歯を食いしばっていたが、脂汗をダラダラと流し震えていた。

「奥方がとても心配されている。俺は、それはヒトではないと言った……思い当たることは？」

御影の静かな声は有無を言わせない迫力があった。

「……っ、はい、あります」

「では、この護符を玄関と裏口の目につく場所に貼り、これから少なくとも十二か月、夜半過ぎは決して外に出ないようにしろ」

「………は、はい」

「それからそのあやかしは女が嫌いだ。日が落ちたあとは奥方と離れぬよう。そうすれば追いかけてはこられない」

御影の言葉に国政は震えながら何度も頷いた。

それを見ている伽耶の顔は、泣きそうに歪んでいるのに、笑っていた。

琥珀はまた、ぞわぞわと怖くなる。本当に、これで大丈夫なんだろうか。

「琥珀、帰るぞ」

御影が唐突に言うので、琥珀は先に部屋を出た。

部屋はとても緊張感があり、急ぎ足で逃げるようにそこから出た琥珀は大きく息を吐いた。

玄関の土間で待っていると、伽耶が廊下に出てきた。

「琥珀、もう帰るの？」

少し離れた廊下からそう言っている伽耶の瞳は、さっきからずっとおかしいままだった。

あとから来た御影が伽耶の背後で立ち止まり、耳元で何かを囁いた。

その瞬間、伽耶は、はっとした顔で琥珀を見た。我に返ったようなその顔は、さっきまでの危うい彼女ではなく、琥珀のよく知る伽耶の顔だった。

今、憑き物が落ちた。そう思った。

「お邪魔した」

御影はそう言ってそのまま玄関を出ていってしまったので、扉を背にして伽耶と二人だけで向かい合う。

「急に来てごめんね」

「ううん……会えて嬉しかった。またね」

「うん、また遊ぼうね」


伽耶の家を出てしばらく行ってから御影に聞いた。

「御影さま、もう一度、藤棚の家に？」

「もう帰る。君もここからなら家が近いし、そのまま帰るといい」

「えっ、でも……幽霊は……本当にあれで大丈夫なんですか？」

「琥珀……牡丹灯籠の新三郎《しんさぶろう》は独り身だが……夫婦の片割れが夜中に逢瀬を重ねていたら、たとえ取り憑かれていようがそれは不貞だとは思わないのか？」

「え？　だって普通のヒトは御影さまと違って、意思とは別に取り憑かれたりすることもあると思うんですよ」

「なるほど……なら、君の友人もそう思いたかったのかもしれないな」

「……どういう意味ですか？」

「彼女の夫は取り憑かれてなどいない。少なくとも、藤の花の幽霊は存在しない」

「え……？」

琥珀はしばらく硬直した。

「彼女はずっと、夫の不貞に悩んでいた……よほど事実を認めたくなかったのかもしれないな。俺の依頼人にも何人か、認めたくない事実を受け入れるために幽鬼を作り出す人間はいた。だから最初からその可能性は高いと思っていた」

「えっ藤の花の幽霊は……伽耶の思い込みだったということですか？」

「言いにくいが、そうなる」

ということは。

「そしたら、結局あの旦那！　空き家でただ密通してたってことですか!?」

「まぁ、だから、最初からそういう話だったんじゃないかと思うが……」

「ゆっ、許せない！」

「俺は……彼女も、ずっと認められずにいただけで、本当はそれを知っていたと思うがな」

「それなら何故……」

何故気づいてすぐ、気の強い伽耶が不貞を咎めずいたのか。彼女らしくない。

一家の大黒柱のちょっとした不貞くらい我慢しろという風潮は世間にはある。家のための結婚であればなおさらだ。しかし、伽耶は昔から気性が荒く、我が強い。彼女が本気で離縁したいならば、それを押し通す強さはある。

そこまで考えて、琥珀ははたと気がついた。

「伽耶は……浮気をされてもなお、あの旦那さまのことが好きだったのですね」

伽耶はきっと何があっても離縁するつもりがなかったのだ。

だから不貞相手との関係を清算してほしかったが、不貞相手のほうに本気かもしれないと考えると、怖くてはっきりと口に出せなかったのだろう。

蓋を開ければ旦那の側も火遊びだったのか、関係の清算を渋らなかったのは幸いだった。

そう思うと先ほど見た光景の印象はだいぶ変わる。

国政は初対面の御影に、ものすごく怯えているように見えた。御影の陰陽師らしい迫力もなかなかだったので、そのせいとばかり思っていたが、本当は国政は御影の背後にいる伽耶に不貞が露見していたことに怯えていたのかもしれない。

「御影さま……すぐにお気づきだったのにご協力くださったのですね」

藤の花の幽霊なんて本当はいない。けれど、もしも誰かが、ただの不貞だと、はっきりと口にしてしまえば、取り返しがつかないことになる可能性がある。

御影は伽耶の意を汲んで〝国政が化物に取り憑かれている〟という体《てい》で、国政に相手との関係の精算を要求したのだ。国政の側も、そのままの体で受諾した。

「……でも、やっぱり優しすぎませんか」

「そうか？」

「直接責めることもせずに……あんなので許すなんて」

御影は琥珀の膨れっ面を見て「そうでもないさ」と言う。

「彼女は言ってただろう。〝このままでは旦那が殺されてしまう〟と」

「あ、はい」

「彼女は心の奥底では藤の花の幽霊などいないと知っている。あれは、このまま会っていたら、いつか自分が殺してしまう、ということだったんじゃないか？」

「よ……」

よくもそんな恐ろしい深読みを……と琥珀は言いかけた。しかし、久しぶりに会った彼女が身に纏っていた危うい陰気を思うと、否定できなかった。

伽耶は昔から気が強く、弱さを見せたがらない。本当に追い詰められた時、愛する人に弱々しく泣いて縋ることはしないだろう。

万が一、自分が捨てられることになるならば――刺すかもしれない。

脳裏に血にまみれた伽耶が浮かび、琥珀はぶるりと身を震わせてその妄想を振り払った。

「それにしても……蓋を開ければただの痴情のもつれ。そんなことに御影さまを巻き込んでしまいました……すみません」

「気にするな。ヒトはたやすく鬼となる。陰陽師の案件と言えなくもない」

「鬼ですか」

「たとえば、宇治《うじ》の橋姫《はしひめ》は嫉妬で正気を失い、神社で自らを鬼と化すことを祈願し、宇治川に二十一日間籠り、鬼となった。そうして自分の嫉妬していた相手を殺し、男の縁者も殺し、どんどん無差別に殺すようになっていった」

嫉妬は、ヒトを鬼に変える。伽耶を見たあとだと、反論する気になれなかった。

「……本当に恐ろしいのは、あやかしではなく、ヒトかもしれませんね……」

琥珀は小さく息を吐いた。愛情は時にたやすく翻り、ヒトを鬼と変えてしまう。嫉妬の感情も悲しみも、陰陽師が祓うことはできない。

「そうかもしれないな。だが……君の護符は少しは役に立ちそうだった」

「えっ？　わたしの護符って、まさか！　出がけに描いた落書きをさっき渡したんですか!?　幽霊はいないとはいえ、あんなものをしれっと護符にするなんて……！」

「効き目が全くなくはないさ。玄関と裏口に貼れと言っただろ。あの旦那にとっては目にするたびに思い出すものになる」

「は、はあ……」

「それから彼女にだけは、帰り際、君が向日葵と猫を描いたものだと教えておいた」

「え？　何故そんなことを？」

「君が真に恐れていたのは藤の花の幽霊ではなく、友人が嫉妬で鬼となることだったのだろう？　ならきっと無意味じゃない。君が描いたと知れば……」

「はい」

「……きっとなごむ」

あんまりな言葉に、琥珀は脱力した。

けれど、そう言われて、帰り際に御影に耳打ちされた時の伽耶の顔を思い出す。

あれは、護符は琥珀が描いた絵だと知らされていたところだったのだ。

急に、すとんと納得した。あれは、何かが落ちたのではなく、あの一瞬、伽耶は琥珀の知る昔の伽耶だったのだ。

一緒に遊んだあの頃を思い出してくれたのかもしれない。

あの頃、大人しくぼんやりした子であった琥珀を、伽耶は毎日遊びに連れ出してくれた。伽耶はいつも琥珀の絵を見てお腹が痛くなるまで笑っていた。

『これ、本当に琥珀とあたし？　鬼に首絞められて殺されかけてるヒトにしか見えない……苦しい』

伽耶は涙を流して笑っていた。琥珀はその時むくれた顔をしていたはずだ。でも、伽耶が笑ってくれるから、本当はそんなに怒ってなどいなかった。

その時の光景がつい昨日のことのように思い起こされる。

怨念に取り憑かれ、落ちようとしている人間を引き戻すのは、もしかしたら見えなくなってしまっている馬鹿馬鹿しくて、くだらない、笑ってしまうような、他愛ないものなのかもしれない。

「それにしても……結婚って、幸せなことばかりではないんですね」

しみじみともらす琥珀に、御影が珍しくからかうような口調で聞いてくる。

「君にも、そういう話はあるのか？」

「気になりますか!?」

「いや、聞いただけだ」

「そうですか……」

しばらく行って、琥珀はまた聞いた。

「……本当に気になりませんか？」

「言いたいのか？」

「その、御影さまがどうしてもと言うのなら……あの、教えますよ」

「面倒になってきた、結構だ」

「聞いてくださいよ～」

御影と歩いた道は、琥珀にとって初めて来た時とまた少し見え方を変えていた。

第六章

呪われた着物

夕食のあと、部屋で勉強をしていると八重子が来て、決まりの悪そうな顔で言う。

「琥珀、劉生さんが……お呼びよ」

「お父さまが？」

劉生は帰りが遅く、不規則なため、夕食は別にとっている。だから中泉家では劉生に話があれば朝食の時に言うのがお決まりになっている。

わざわざ夕食後に呼んでまでする話とは何だろう。前回、同じように呼ばれた時にされた話が『君は、猫又の生まれ変わりなんだ』というものだったので、だいぶ訝しんだ。

それでも、言われた通りに書斎の扉を叩く。

部屋に入ると、劉生が真面目な顔で着席を促してくる。琥珀は黙って椅子へと腰かけた。

そして、劉生の口から出たのは琥珀がうっすら恐れていた話だった。

「琥珀、最近、帰りが遅いことが多いようだね」

「あ……」

猫の世話係になってから、何度か帰宅が遅くなった。そして、その都度母に口止めをお願いしていた。母は隠してくれていたが、たまたま劉生の帰宅が早く、ひっそり書斎にいた日に、琥珀が門限破りで帰宅して、そこから露見してしまったようだった。

「ごめんなさい。もう遅くならないようにするので……続けさせてください」

真剣な顔で、頭を下げて懇願する。

劉生は珍しく困った顔で、自らの顎のあたりを触りながら言う。

「良妻賢母になるための教育に特化する女学校が多い中、学問にも力を入れている先進的な女学院に通わせているが……君はよく頑張っているし、成績も落ちてない。君がやりたいことはなるべくさせてあげたいと思っているが……なにぶん遠いから、暗くなる前にきちんと帰ってもらえないことにはなぁ」

「今後気をつけますから……お願いします！」

「君は昔から大人しくて聞き分けが良く……我儘を言うこともそうない良い子だったのに、突然自転車を買ってほしいと言い出してから、毎日のようにどこかへ行って、急に猫の世話係を始めて、帰りは遅くなるしで、少しおかしいね」

そう言って劉生がため息を吐いて黙ってしまったので、長い沈黙が流れた。

その通りだったので琥珀は何も言い返せず、ずっと項垂れていた。

「……でも、最近の君は、とても生き生きしている」

劉生がぽつりとこぼした言葉に顔を上げる。

「うん。じゃあ、こうしよう。今から私はあちらの家に行ってくる」

「えっ？」

「ご挨拶もしていなかったし、どんなところか見たい。そして、今後は遅くなることのないようにしっかりと言ってくる」

「え……えぇ……」

御影は勿論のこと、小梅だって琥珀を引き止めたり帰宅を遅らせるようなことはしない。たまに遅くなっているのは琥珀が勝手に残っていたり、御影についていったりしているからだ。

琥珀が唖然としているうちに、父がポークパイハットを被って四季島家へと出かけていく。言うまでもなく同行をつっぱねられた琥珀は家で留守番となった。

台所に行って母に話しかける。

「お父さま、行ってしまわれました……」

「私もね、劉生さんと同じ気持ちだから……一度ご挨拶には行ったほうが良いんじゃないかって思ってたのよ」

八重子も劉生に賛同していた。親の立場となれば、心配なのはわかる。

琥珀はヨロヨロと自室へ入り、ベッドに体を埋めた。

もしかしたら猫のお世話係を辞めさせられるかもしれない。

それから数時間、琥珀はずっと戦々恐々としていた。

静かな夜で、時間の流れは緩慢だった。劉生はなかなか帰ってこない。

御影はあの通り無愛想だし、今の時間だと、頼れそうな小梅や源造も帰宅しているだろう。さすがに喧嘩にはならない気がするが、劉生の気を損ねるかもしれない。

御影と二度と会えなくなってしまったらどうしよう。最近はやっと普通に話してくれるようになり、笑顔を見せてくれることも増えていたというのに。

考えただけで絶望的な気持ちになってくる。

ベッドの中で悶々としていると、午後十時過ぎにようやく劉生が帰宅する音がした。だいぶ遅かった。

琥珀は急いで部屋から出て、玄関で靴を脱ぐ劉生のところへと行く。

「お父さま、おかえりなさいませ……！　その……ご当主さまはご在宅でしたか？」

「ああ、話してきたよ」

「それで、その……」

どうでしたと聞くのも妙で、言葉を詰まらせた。緊張で喉がカラカラになる。早く何か聞かなくてはと口を開けた時、劉生が先に話し出した。

「御影君は陰陽師だということで、天文に詳しくてね。彼は……私の著書を持っていた」

「……へっ？」

「色々と話したよ。彼は特に、私がやっているハレー彗星の研究に興味を持ったので、その話が多かったかな」

「あの……ほ、ほかのお話は？」

「ほかに？　ああ、私がグリニッジに留学していた時の話もしたよ。すごく興味を持ってくれて……出てくる質問も鋭いものが多かった」

「いえ、お父さま、わたしの話は!?」

「え？」

「え？　じゃなくて、わたしの話をしにいったのではないのですか!?」

「ああ、それに関してても遅くなることがないようにビシッと言っておいたよ」

「そ……そうですか」

「御影君は高等中学校を出てからすぐに今の仕事をしていたらしいね。私も何人も学生を見てきているからわかるが……実にもったいないな。ああいう有望な青年こそ大学に行って研究者の道に進んでほし……」

「お父さま……？」

　劉生は、はっとしたように琥珀を見て笑った。

「琥珀の世話している猫達にも会いにいってきたよ。もっとも、萩のトンネルから全然出てきてくれなかったがね……どうにも警戒心が強い子が多くて、世話係にもなかなか懐かずに困っていたのだと聞いたよ。うん、立派な仕事だ」

「では……わたし、辞めなくていいんですね？」

劉生は少し黙っていたが、優しく笑って頷いた。

「私は、最近の君はおかしいと言ったけれど、もしかしたら、今の君が本来の姿なのではないかと思うこともあるんだ……君は本当に、すごく明るくなった」

四季島の屋敷に行くようになってから、琥珀は変わった。ずっと、ぼんやりとしていた世界に色がついたし、前よりずっと生きている感じがしている。

「はい。ありがとうございます」

なるべく遅くならないよう、万が一遅くなる時は御影がきちんと責任を持って送り届けるということで話はついたようだった。


翌日。琥珀は昼餉を終えるとすぐに四季島家へと向かった。

台所では小梅が昼食の片付けをしていた。

「こんにちは」

「あら琥珀ちゃん。お疲れさま」

「御影さまはお仕事でしょうか」

「御影さまなら、ご祈禱場にいらっしゃるわよ」

祈禱場は入ったことがない。どうしようかと思ったが、小梅が大丈夫と言ってくれたので、行ってみることにした。

祈禱場の戸を開けると、御影が広い板張りの床の中央で、腕組みをして難しい顔で座っていた。

話しかけづらいが、気になることは早く聞きたい。

「こんにちは。御影さま」

近くに行って声をかけると、御影は顔を上げて琥珀を見た。

まじまじと見てくるので気圧されて黙り込むと、座るように促される。

すぐ傍に座ると、御影は無言で琥珀の頭を撫でた。

ちょっとびっくりしたが、あまりに自然な仕草だったのもあって、何となくそのまま流した。それよりも早く、昨晩の話が聞きたい。

「御影さま？　昨晩、父が来たと思うんですが……」

「あぁ、来たよ」

「突然ですみませんでした」

御影は気にするなというように首を横に振った。

「君の話を結構聞いたよ」

「えっ、星の話ばっかりしてたんじゃないんですか？」

「……いや、君は子どもの頃からぼんやりしていて、危なっかしいことはあまりしないのに、木登りだけは妙に好きで、一度庭の木から落ちて怪我をした話だとかを聞いた」

「えっ」

「それから小さい頃は風呂が嫌いで、歩き出してからは入れようとすると逃げ回って大変だった話だとか……母親の膝の上が好きで、下ろしても泣き叫んだりはしないが、気がつくとまたのっているという話だとか……」

何を勝手に暴露してくれているのだ……。

「……とても大事に思われているのが、伝わってきた」

父への小さな憤慨は御影のその言葉で溶けた。

御影はしばらく沈黙していたが、また、ぽつぽつと話し出す。

「俺の父が生きていた時分……俺が仕事から戻ると、いつもここで報告をしていた。父と話すのはその時くらいだった。もっとも、会話らしいものなんてなかったがな」

「お仕事のあとですよね？　その……ねぎらいの言葉とか……」

「ないな。俺は、父によくやったと褒められたことは一度もない」

「…………」

「〝お前は甘すぎる。安易に人を信用するな。常に警戒しろ。あやかしに容赦はするな〟いつも、そう言われていた」

御影は以前、陰陽師なんて辞めてもいいかもしれないとこぼしていた。四季島の血なんて、馬鹿馬鹿しいとも。けれど、実際の御影は四季島の跡を継ぐ陰陽師として真面目過ぎるくらい真面目にやっている。

御影の、父親に対する感情はきっと複雑なものなのだ。

小梅が源造としていた会話が、頭をぼんやりとめぐる。

『御影さまは能力がどうだとかで図に乗るような方じゃないんですから……旦那さまが褒めてあげれば良かったんですよう……』

いや、もしかしたら複雑なものなんて何もなくて、御影はただ、自分を認めてほしかっただけなのかもしれない。

「父にとって俺は、何をやっても半人前の、四季島の陰陽を継がせるためだけの器でしかなく、そこに親子らしい関わりなんて何もなかった」

「御影さまは……おうちのために、無理に陰陽師になったのですか……？」

「…………」

その質問に、御影は答えなかった。

「君は良い父君に大事に思われている。遅くなりそうな時には言ってくれ」

御影はそれだけ言うとまた、床に視線を戻す。

「はい」と返事をして、その場を辞去しようとした時に気づく。

御影が視線をやっている先、そこに着物が広げて置いてあった。これは一体何なのだろう。

「……わぁ、綺麗ですね」

ずいぶんと豪勢で色鮮やかな打掛けだ。目の覚めるような朱色や引き締めるような藍色、厳かな金色と、幾つもの色が使われている。華やかな梅文《うめもん》と鶴の模様が見事だった。

「……これは、呪われた着物だ」

「うわぁ！　それを早く言ってください！　近づいてしまいました！」

「近づいたくらいで簡単にどうにかなるものではないが……いや、君はあやかしに対する感応度が高いから、なるべく離れていたほうが良いかもな」

「お仕事中だったんですね」

そう言ったあと、嫌なことを思い出した。

「……あの男は？」

「清門か？　別に毎回呼んでるわけでもないし、今回はこの場ですぐ済みそうだと思っていたので呼んでない」

いなくて良かった。とても良かった。口に出さなかったが心からそう思った。

「この着物は、どうなさるのですか」

「護摩火を焚き、経を上げて燃やして供養をすれば良いんだが……それを寺が嫌がって、うちに持ち込まれた」

「嫌がると言いますのは……？」

「その寺は元々航海安全の祈願寺なんだ。着物の供養はやってない。加えて、明暦の大火の件があるから、燃やしたくないと」

「何ですかそれ」

「明暦の大火は今より二百五十年ほど前、江戸の大半を焼きつくした大火事だ。振袖火事とも言われている」

御影はその火元についての逸話を話してくれた。

時は明暦三年の江戸。一人の少女が上野に花見に行った帰りに、すれ違った寺小姓の少年に一目惚れをした。少女の心を震わせたその恋は強烈なもので、彼女は毎日恋する相手のことを考え、恋に病み、食事も喉を通らなくなり、やがて伏せってしまう。

会いたい気持ちを紛らわすため、想い人が着ていたのと同じ菊柄の振袖を作ってもらい、それを腕に抱き、好きだ好きだと想いを募らせていたが、結局そのまま弱って、十六歳の若さで亡くなってしまった。

　やがて、葬式で彼女の棺にかけられたその振袖を寺男が売り払った。それが店に出回ることになり、それを買った者が次々と十六歳の同じ日に亡くなっていく事態となる。

　さすがにおかしいとなって振袖は寺の者によって回収された。護摩火を焚き、経を上げて供養しようとしたが、その時に一陣の風が吹き、炎を纏った振袖が天高く舞い上がった。

「うわあ」

「……これが明暦の大火の原因として残っている逸話だ。まぁ、火元に関しては諸説ある。それが嘘か実《まこと》かは別として、実際着物には女の情念が籠りやすい。この着物は勿論それとは違うものだが、そういう前例があるため、燃やさずに供養をしてくれと言われている」

「そうなんですか……でも、どうなさるおつもりですか」

「いつもなら力技で祓ってしまうんだが……少し、仕事の仕方を考え直していたところだ」

「考え直すとは……？」

「長らく父の代のやり方を踏襲していたが……俺には俺に合ったやり方があるのではないかと思ってな……」

会った頃と比べると、御影の表情も、仕事の仕方も柔らかくなってきている。琥珀はそれを感じて穏やかな優しい気持ちになった。

また着物を眺めていると、御影がすっと立ち上がった。

「俺はちょっと出かけるから、君も祈禱場《こ こ》からは出ててくれ」

「どこに行かれるんですか？」

琥珀の問いに、御影は平然とした顔で答える。

「芝浜《しばはま》のほうにある遊女屋だ」

「へえ、遊女屋ですかぁ……え？　遊女屋!?　御影さまが？　今から？」

何故？　突然目の前で堂々と遊女屋に？　御影にとっては隠すほどのことではないのだろうか。もしかして前から行く予定だったのだろうか。

いや、御影とて立派な大人の男だ。結婚する気がないという彼は、もしかして定期的に遊女と遊んでいたりするのだろうか。

目を白黒させて聞く。

「……よ、よく行かれるのですか？」

声がひっくり返った。

琥珀の怯えきったような表情を見て、御影はしらっとした顔で答える。

「その着物を寺に渡した、元々の所有者の話を聞きにいくんだ」

「あ、何だ！　そういうことなんですね」

そう言ったあと、琥珀は御影の着物の裾を摑んだ。

「……わたしもついていきます」

仕事とはいえ、御影を一人で遊女屋に行かせてはいけない。正当な理由は全く思いつかないが、そんな使命感が湧いた。

御影は深いため息を吐いたあと、「好きにしろ」と言った。


四季島家のある三田四國町の太い通りを海に向かって少し行くと、すぐに潮の匂いがしてくる。

さらに海のほうに出ると、芝雑魚場《しばざこば》と呼ばれる魚市場がある。落語の『芝浜』の舞台ともなっているそこには幾つかの問屋が出ていて賑わっている。魚好きの琥珀には楽しい場所だった。

「この辺は昔は将軍家へ献上する魚の中で雑魚とされるものを売る場所だった。昔はもっと問屋が多く栄えていたが、埋め立てられてだいぶ減ったらしい」

「そうなんですか」

ここからの眺めも、埋め立て前とはだいぶ違ったのだろうと想像される。

琥珀は歩きながら市場の看板の一つを指さした。

「あ、小梅さんから、あそこで売りに出せない小魚を猫のご飯にもらってるって聞きました！　ちょっと見てきます」

「琥珀、ちょろちょろするな」

小走りで目当ての店に向かおうとした琥珀は、落ちていたワカメで足を滑らせ、大きく後ろに転倒しかけた。

「白檀！」

ふわりと受け止めた御影が呆れた顔をしている。

「どうして君はそう落ち着きがないんだ」

「今、わたしの名前……猫と間違えませんでしたか⁉」

御影は自分で言ったくせに驚いた顔をした。

「え？　ああ、白檀か？　確かにあいつはでかいのにたまに落ち着きがないところがあって、一度高い枝から滑り落ちてひっくり返ったことがある……間違えてたか？」

御影は常々琥珀を猫のようだと言ってそんな扱いをしてくる。一瞬正体がばれたのかと警戒心を抱きかけたが、そうではないことが知れると怒りが湧いてきた。

「御影さま！　わたしは花も恥じらう十六歳女子なんですよ！　それを……猫と間違

えるなんて……」

「わかったわかった。寄り道せずに、もう行くぞ」

抗議が届いているのかいないのか、さっさと前を行く御影を琥珀は慌てて追いかける。

やがて、たどり着いたのは江戸時代の面影を多分に残す木造二階建ての家屋だった。よく見ると看板があって、煤けた文字でうっすらと屋号が刻まれている。

建物には黒い格子窓がついていて、少し独特な造りではあるが、意外と普通にも感じられた。

「もっと派手だと思ってました……」

「ここは置屋であって店ではないからな」

琥珀はてっきりこの中で仕事をしていると思っていたが、実際はここに所属している遊女達が依頼を受けて、近くの料亭や茶屋や宿に仕事に行くという仕組みらしい。

「入るの緊張しませんか？」

「別にしない」

「……行き慣れてらっしゃるのですか？」

「何でそうなるんだ……その、毛を逆立てた猫みたいな顔はやめろ」

中に入ると御影はあっという間に女性に囲まれてしまった。

「兄さんほんと良い男ねぇ」

「こんな良い男、久しぶりに見たわぁ」

「素敵、ねぇ兄さん、あたしはどう？」

若い女達がわらわらと御影に群がり、馴れ馴れしくしなだれかかろうとしている。

琥珀はそれを必死に阻止した。

「すみません！　御影さまはお仕事で来ただけなので……！」

「あら、じゃあお仕事のついででどう？」

「だ、駄目ですってば！」

「何この子。妹さん連れてきたの？」

「あら、この子も猫みたいで可愛いわぁ。目の色が素敵ね」

「まだちょっとあどけない感じが強いから、お化粧してみない？　きっと可愛くなるわよ」

「え……え？」

「こっちいらっしゃいよ」

「いや、あの……」

しかし、海千山千の世慣れたお姉さま方の勢いに、いとも簡単に呑まれてしまう。

「ねぇ、うちで働かない？　あなた売れっ子になれるわよ」

「それは駄目だ」

今度は御影が琥珀の肩を抱いて引き寄せ、代わりにぴしゃりと答えた。

てっきり放っておかれると思っていたので護ってくれたのは少し意外だった。

理由を考えて、父と話したせいだと思い当たる。以前から御影は優しかったが、それはさりげなく隠されていた。今はしっかりとした責任感が感じられる。父が挨拶に行くと言った時は憂鬱だったが、こうなると感謝した。


だいぶ疲弊させられた後に、ようやく用件を伝えることができて、着物を寺に預けた人間の下に案内してもらえた。

通された奥の部屋にいた女性は年の頃は五十前後。この置屋を取り仕切っている女主人だった。長い煙管《キセル》から煙をくゆらせながら言う。

「このあたりは、昔は目の前に海があって風光明媚な景色を目当てにお客さんも来てたんだけどね。見ての通り……埋め立てられて景色も変わったでしょ。うちももうすぐ埋立地に移るから、蔵を整理していたらあの着物が出てきたんだよ」

そう言って女主人が吐き出した煙がふうっと天井に上る。

「あの着物、相当古いものだとは思うけど……すっごく綺麗でしょう？　でもねぇ、聞いたら、ちょっといわくつきで」

「そのいわくを聞きにきた」

「昔の伝手だから細かい入手経路はもうわかんないけどね、あれは、元は霧花《きりはな》という遊女の持ち物だよ」

霧花はある男と恋に落ちて身請けを約束され、振袖を贈られた。しかし、約束の日が来ても相手は一向に会いにこない。それからもずっと何か月も待っていたが、結局その間にほかの女と結婚していたことがわかり、絶望した霧花は命を絶った。

「あぁ……それは辛いですね。かわいそう……」

琥珀の素直な感想に、女主人は「あんた優しい子だねぇ」と言って笑った。

「最初はねぇ、そのまんま処分しようとしてたんだけど……うちの店の子の一人がその振袖を気に入っちゃって、そんなの気にすることはありゃあせんとか何とか言って、勝手に着ていっちゃってね」

「そ、その方は……まさか、亡くなったり……」

「あらやだ、生きてるわよぉ」

女主人はコロコロと笑った。

「ただねぇ、それを着たまま痴情のもつれで男を刺しちゃってねぇ……流石に縁起が悪すぎるんで、やっぱり近くの寺で供養してもらうことにしたってわけさ」

芝浜の置屋から四季島の屋敷に帰ってきた時には、御影に「毛がボサボサでヨレヨレの猫のようだ」と言われるくらい琥珀はぐったりしていた。

御影は帰りにもまた女性達に囲まれたので、それから護るのに必死だった。そんなことを必死にしたところで御影本人がちょっと女遊びをしようとすれば簡単にできてしまうのだが、やはり目の前でイチャイチャされるのはたまらない。想像しただけで、胸のあたりがズキズキしてくる。

琥珀が御影に惹かれるのは、ずっと前世の記憶のせいだと思っていたけれど、最近のこれは、もうそんなものではない。

琥珀はその時急に、はっきりと気づいてしまった。

何故、御影が見合いをするのがあんなに嫌だったのか。何故、遊女屋に行くと聞いてじっとしていられなかったのか。ほかの女性と話をしているのを見るだけで胸がズキズキと痛くなるこの感覚の正体に。

琥珀は、御影に恋をしていたのだ。

それは、甘やかだけれど、どこか苦しいような感覚だった。気配や音もなくいつの間にか、気づいた時にはもうそこにあった。

こんな感覚が恋だというならば、恋しい男が来るのを待ち続け、ほかの女と結婚していたことを知った遊女の気持ちは一体どんなものだったのだろう。

そう思った時、また胸がしくりと痛んだ。

「琥珀、俺は少し部屋で調べ物をするが……き………ち………に」

御影の声がうわん、と遠くなる。

少し、頭がぼんやりとした。

「御影さま。わたし……昨日あまり寝られてないので、眠くなってきました。居間で少し眠ってもいいですか」

「ああ、だが五時前には起きて帰ってもらうぞ」

琥珀は居間に入り、身を丸くして横になった。

眠りに落ちるのはそこから一瞬で、とろりとした重たい眠りだった。

ずる、ずる……ずる。

瞼の奥の暗闇の中、夢うつつに、何かが床を引き摺るような音が聞こえた。

うっすらと覚醒する。

ずいぶんと長く寝た気もするし、一度瞬きをしただけのようにも感じられる。

陰影の強い午後の陽射しが頬に注いでいる感触があった。薄目を開けると、居間の襖が細く開いているのが見える。

四季島家の祈禱場は四十畳ほど。廊下を挟み、琥珀がいる縁側に面した居間へとつながっているが、いつもは祈禱場の襖は閉ざされている。

今、琥珀から見て奥にある祈禱場の襖も細く開いていた。

自分の体の上に何か布がかけられている。一瞬、御影がかけてくれたのかと思ったが、視界の端に鮮やかな着物の柄があり、ぞっとした。

──これは、呪われた着物だ。

驚いて身を起こそうとするが、体はぴくりとも動かない。脂汗が浮いてくる。呼吸が浅く、心臓がどくどくと鳴り、胸が苦しくなってくる。

何これ……。

心がせつなくて、苦しかった。頭の中に誰かの叫ぶような感情が渦巻いている。

（あの人に、会いたい）（会いたい）（会いたい）（会いたい）（会いたい）

あの人って誰？　琥珀はぼんやりとそう思う。

（会いたい）（苦しい）（約束したのに）（恋しい）（せつない）（どうして会いにきてくれないの）（迎えにくると、言ったのに）

あの人って誰？

わからない。でも、会いたい。恋しいのだ。

──わたしは、あの人に会って、結婚をするのだ。

頭の中に渦巻く感情に共鳴するように、心が乗っ取られていく。

琥珀は着物を羽織った状態でふらりと身を起こす。体が動くようになったというよりは、何かに操られている感覚だった。

その時、部屋で調べ物をしていた御影が居間に入ってきた。

「琥珀、まだ寝てるのか。そろそろ……」

御影は途中で言葉を止め、振り向いて祈禱場の襖が開いているのを見た。

「琥珀……？　まさか……この短い時間で、取り憑かれたのか？」

(あの人に会いたい。恋しい。恋しい。苦しい苦しい苦しい)

そして、御影が目に入る。

とたん、ぞくぞくとした興奮が身を焦がす。

美しい人だ。

琥珀が、初めて見た瞬間から抗えない吸引力で惹かれ、そうしてずるずると恋に落とされた相手。

――この人だ。

この人が、ずっと会いたかった、大好きな人。

琥珀の御影に対する恋心、そこに知らない誰かに対する強い恋慕をぴったりと重ねられているような感覚だった。強い飢餓感を覚える。苦しい。このままでは、おかしくなってしまう。

　ふらふらと御影に近づいていく。

「御影さま……」

「……琥珀？」

「好きです」

　琥珀は御影の首にそっと手を回し、すがりつくように身を寄せた。

　御影は目を見開いて動きを止めた。

「こは……く？」

　琥珀はどこかとろりとした視線で一心に御影を見つめていたが、甘えるようにまた身を擦りつけた。

　御影は戸惑った顔で琥珀をそっと引きはがし、その顔をじっと見つめる。

「好きです。会いたかったです。好きなんです。結婚してください」

　御影は目を閉じてはぁと深いため息を吐いた。

「……完全に乗っ取られたな」

　琥珀の頭の中はずっと興奮した感情が回っていた。

（会えた。やっと来てくれた）

　琥珀の中の誰かが、琥珀を通してここにいない誰かに御影を重ねて歓喜の叫びを上げている。

琥珀は何度か、自分の言葉で御影に何かを言おうとしたが、湧いてくる狂おしい恋慕に塗られ、思考が赤く染まっていく。そのたびに自分が誰だかの境界線がぼんやりしていく。

恋しい。恋しいのだ。熱い息を吐くと同時に琥珀は口を開いた。

その時、喉から出てきたのは自分の声ではなかった。

『必ず来なんすと言いなんしたのに……いつ来てくんなますかと……わっちはじれっとうて、くやしゅうて……やっとやっと……』

御影は何か考えるように、じっと黙って琥珀を見つめていた。

(迎えにきてくれたのではないの？)

どくん、琥珀の心臓が大きく鼓動した。

目の前の恋しい人が何も言わないことで、不安が澄んだ水に落ちた濁りのように広がって、落胆に変わり、赤い憎しみが混じっていく。

脳裏に見知らぬ男性の口元や、手元などの映像の破片が一瞬だけ散り、頭が熱くなっていく。

本当は、もう一緒になれないことなんて気づいていた。

理由なんて幾つでも想像できる。

周りの反対に遭った。身請け金が用意できなかった。口では甘いことを言いながら、本気ではなかった。だから別の女と――。

(そんなのは認められない!)(どうして)(必ず来ると、言ったのに)(嘘だったの?)(憎い)

親に売られた私を、生き地獄から解放してくれると言ったのに。

(憎い)(こんなに恋しいのに)(嘘吐き)(恋しい)

最初から期待なんてさせなければこんなに苦しくなることもなかったのに。

(憎い)(恋しい)(憎い)(恋しい)

金の工面ができないのなら、連れ出して一緒に死んでくれれば良かったのに。

あの男は何故、そうしなかったんだ。

(憎い)(憎い)(憎い)

琥珀は御影の白い首をじっと見ている自分を感じていた。

そして、どうしたらいいのか、はたと気づいた。

――ああ、殺してしまえばいいんだ。

琥珀はぼんやりとそう思いながら、御影の首に手を伸ばそうとした。

その手を御影がすっと取った。

片方の指を絡め、覗き込むようにして琥珀に顔を近づける。

そうして、口を開いた御影は、今まで聞いたこともない優しい声を出した。

「待たせてすまなかった……ずっと、いとしく思っているよ」

御影は琥珀の腰を引き寄せ、身を屈めてそっと口づけた。

全身に甘やかな震えが広がっていく。

唇は温かくて優しい、柔らかな生き物の感触がした。

背中をそっと撫でられる。どこか遠かった感覚はその大きな手によって急速に琥珀の下に戻ってくる。大きさこそあの頃とはもう全く違うけれど、琥珀はその優しい手つきを確かに知っていた。

琥珀が、生まれる前からずっと好きだった人のぬくもりだ。

あの頃の感覚も重なって、いとしく想われている幸せな感覚が琥珀の胸を満たしていく。

そして琥珀が満たされた瞬間、ぴたりと重なって張りつめていた、もう一つの憎悪の感情が脳天あたりでふつりと切れる感触がした。

長く重なっていた唇が離れ、琥珀は気がつくと泣いていた。

『最後にもう一度……お会いしとうござんした』

口から自然と言葉がこぼれ、憎しみはどろりと溶けて悲しみとなっていく。

『女房になれなくても……』

悲しみは砂のように諦めとなり散っていく。

『ただ一言、ずっと惚れているのだと……それだけを聞きとうござんした』

琥珀の心にのっていた強い怨念めいた感情が霧散していく。

ぱさり、肩から着物が落ち、体がガクンと軽くなり、膝をついた。

その一瞬、琥珀は視た。

艶《つや》やかな黒髪にはかんざしが幾つも挿さっている。後ろ襟をうなじから背中まで大きく開け、白い顔、赤い唇まで美しい女性の姿だ。泣きそうな顔で笑みをこぼし、すっと消えた。

「……消えたな。怪我の功名というか……平和に祓えたようだ。ありがとう」

御影の言葉に着物を見る。それは今、女性が着ていたものだったが、最初に見た時のような禍々しさはなく、艶《あで》やかで美しい、ただの着物となっていた。

しばらく、ぽかんとそれを見つめていた琥珀だったが、はっと我に返った。

そして、まだ涙の滲んだ目で、御影をきっと睨みつける。

「御影さま……」

「何だ？」

「な、何故……こんな方法を？」

唇を押さえて言う。いかに琥珀が明るく奔放といえども、嫁入り前の娘が恋人でもない男性と口づけをするなどということは、あってはならないことだ。

御影は言われてようやく気づいたのか、はっとした顔をした。

「あぁ……祓うのに夢中になっていて……すまない」

「は、祓うためだけにしたんですか!?」

琥珀の目に新たな涙がじわりと滲むと、御影は珍しくたじろいだ顔をした。

「そんなに……泣くほど嫌だったか？」

「嫌なはずがありません！」

御影はほっとした顔をした。

「なら別に……」

「良いわけありません！　乙女の唇を！」

琥珀がぼろぼろ泣く正面に御影は困った顔でしゃがみ込む。

長い指が伸ばされ、親指が琥珀の涙を拭った。

「参ったな……」

御影はしばらく琥珀の頭をそっと撫でていた。琥珀はそれだけで少し機嫌が回復してしまっているのを感じたが、悔しくて黙っていた。

「わかった……詫びとして何か考えておくから、機嫌を直せ」

「えっ、本当ですか？」

「ああ、必ず」

御影は優しい顔で頷いた。琥珀がぱっと顔を上げる。

「そっ、それなら……呪われた着物に取り憑かれた甲斐もありました！」

琥珀は涙をこぼしていたが、その顔はもう満面の笑みだった。

あまりの変わり身の早さに、御影は噴き出した。

「調子の良い奴だな……」

その笑顔は、いつもの陰のある御影よりはずっと、年相応の青年のものだった。

第七章

猫又の怪

琥珀が四季島家の猫の巣に向かうと、猫の巣とは反対側にある蔵の戸が開け放たれていた。その前に御影の座っている背中が見える。

御影の周りにはボロボロの手毬だとか、変色した大量の和紙だとか、沢山のガラクタが散らばっている。

「御影さま」と声をかけると振り向いた。

「琥珀か……もうそんな時間か」

御影は琥珀を時計がわりにしてそうつぶやく。

「何をなさってるんですか？」

「ああ、先日置屋に行った時、主人が蔵の整理をしていたと言っていただろう」

「はい」

埋立地に移る予定があるので、蔵を整理していたら例の着物が出てきたと言っていた。

「それで……そういえば、家の蔵を長く開けていないことを思い出した」

どうやら触発されて蔵の整理を始めたらしい。

琥珀の偏見だと、陰陽師の屋敷の蔵にはおどろおどろしいお面や、大量の藁人形、焼け焦げた札などがありそうだと思っていたが、御影の周りにあるガラクタはどれも子どもが使うような玩具ばかりだった。呪術的な道具は別の場所に置いてあるのかもしれないが、意外と普通だ。

「それは、招き猫ですね」

御影の目の前にある大きめの白い招き猫を見て言う。

「ああ、これは俺が幼い頃に母にもらったものだ。すっかり忘れていたので、懐かしくて眺めていた……」

掃除の最中に出てきた品を懐かしみ始めたら、例外なく掃除は終わらない。琥珀は御影のしている蔵の掃除が少なくとも今日は完了しないことを予感した。

御影は招き猫を片手で持ち上げ、琥珀に言う。

「招き猫の由来と言われている逸話を知っているか？」

「いえ」

「江戸の花魁に薄雲太夫《うすぐもだゆう》という女がいたんだが……この太夫は大変な猫好きで、玉《たま》という猫をいつも連れていた」

「微笑ましい話ですね」

「ああ。だが、あまりにも猫を大事にするので猫に取り憑かれているという噂が立つようになった」

「おお……そこまでいくのは、相当だったのかもしれませんね」

「とうとう厠《かわや》にもついていこうとするので妓楼の人間が玉を斬ってしまった。すると、斬られた玉の頭が厠へと飛んでいき、中にいた蛇に嚙みついた。太夫を護った玉はそのあとすぐに事切れたという」

「ははあ、猫ちゃんは蛇から護ろうとしていたわけですね」

「落ち込む太夫のために猫の像が作られた。それが現在の招き猫の原型だという逸話だ」

「へえぇ、そうなんですか」

「猫は犬に比べると人を護るような印象はないが、化猫の伝説は主人の敵討ちであったり、復讐を代わりに行うようなものも多いんだ」

「わたしは……大切な人を護りたい猫は沢山いると思います」

御影はその言葉を聞いて、琥珀の瞳をじっと見つめていたが、しばらくして口を開いた。

「七歳かそこらの頃だ……」

「え？」

「白檀は化物に襲われた俺を護るために、猫又となり、死んだ」

御影はまっすぐに琥珀を見ながら言う。

「俺は初めて化物に襲われ、恐怖に身がすくみ気絶してしまった。気がついた時には芝公園の丸山《まるやま》で倒れていた。だが、血だらけの白檀が何かと戦っていた記憶だけはあるんだ」

丸山は芝公園にある古墳だ。普段は閑散としている。

「目が覚めた時そこには小さな血溜まりがあり、白檀はそれから姿を消した」

御影の記憶は部分的だったし、淡々とした口調だったのに、琥珀は話の途中から心臓がずっと忙しなく波打つのを感じていた。

小さな御影が屋敷を出ていく背中。その日着ていた着物の模様。空の色、風の匂い。そんな情景までがくっきりと浮かぶ。

御影の抱える白い招き猫は、よく見ると目のところが琥珀色で塗られていた。あとから塗られたのであろう。歪で、ところどころ剝げている。

「琥珀……どうした？」

「いえ……」

呼吸が浅くなる。急に焦った気持ちになって立ち上がった。

くらりとして、視界がぐわんと揺れる。

御影の周りにある幾つものガラクタが目に入る。

そこにはボロボロの赤い手毬が落ちている。それから、猫の噛み痕の残った人形も落ちている。御影の膝の上にある白い招き猫。

――紅い、縮緬の首輪。

心が、それに吸い寄せられる。

そこから目を逸らすように振り向くと、ずっと夢で見ていた屋敷があった。

屋根の先に見える青い空。その視界がぼやけて揺れる。

頭がぼうっとして、呼吸がどんどん苦しくなっていく。

「琥珀！」

御影の、声。

――強い目眩に襲われた。


夢の中でわたしは血を流していた。

生ぬるい空気の中、血の匂いがぷんとしている。

目の前には大蛇がいた。頭は青く、体は黒い。

大きく開いた口からは鋭い牙が覗き、そこには血がついている。視界はかすみ、呼吸は荒かったが、それでも目の前の蛇から視線は逸らさない。

「白檀」

近くで男の子の声がする。

「白檀」

どこかおぼろな思考の中、わたしは思った。

御影さまが、わたしを呼んでいる。


目を覚ますと、四季島家の客間に布団が敷かれていて、琥珀はその上に寝かされていた。小梅が心配そうな顔で覗き込んでいる。

「あっ、琥珀ちゃん、急に倒れたって聞いたけど大丈夫？」

「はい、ちょっと寝不足だったみたいです」

枕元に座る小梅が、絞った手拭いを琥珀の額にのせてくれていた。

「目が覚めて良かった……毎日暑いからね。琥珀ちゃん、今日はもう帰りな？」

「そうさせてもらいます……」

琥珀は素直に頷き、起き上がってそこを出た。屋敷の門まで来たところで声をかけられる。

「本当に大丈夫か？」

振り向くと御影が心配顔で出てきていた。

「はい。明日また来ます」

そう言って御影の顔を見た時、口から言葉がこぼれ出た。

「御影さま、あの……」

「うん？」

御影はじっと見つめてくる。何か大事なことを聞きたいような気がして口を開いたのに、何を聞けばいいのかわからない。ただ、何かが引っかかっていた。

「何でもないです」

結局琥珀は言葉を探すのを諦めて自転車に乗った。

――自分は、確かに四季島家にいた白檀だった。

それは夢で見た記憶からの推測であった少し前までとはもう違う。

前世の記憶がどんどん戻ってきている。それを強く感じていた。

琥珀は元々、それを知りたくてあの屋敷を探した。

けれど、知るのが急に怖くなった。

帰り際に御影に言おうとした言葉はモヤモヤとした摑みどころのない感情だった。

それは、琥珀の正体を知るはずもない彼に直接伝える必要もないものだ。

それなのに、御影が記憶を引っ張り出そうとしているような気がしてしまい、それが怖くて口にしてしまいそうになった。

その感情は時間を置いて、ようやくはっきりとした形を持った。

（御影さま、わたし、思い出したくないです……）

思い出させないでほしい。


小日向武島町の自宅前に着くと、琥珀は数秒立ち止まって家を見上げた。

扉を入るとすぐに赤い絨毯が敷かれた玄関に出迎えられ、そこから大きめの階段が見える。豪邸といえるほど大きくはないが、琥珀が子どもの頃から過ごしている、大好きで馴染み深いわが家だった。

母を捜すと唯一畳敷の和室になっている部屋で洗濯物を畳んでいた。これも、何年も前から見慣れた風景だ。

「ただいま帰りました」

「あら、おかえりなさい」

「……お母さま」

「なあに？」

「いえ、何でもないです」

そう言いながらも、琥珀は八重子にきゅっと抱き着いた。

「あらあら、甘えんぼさんね。急にどうしたの？」

「いえ、その……何でもないですけど」

突然の行動に、八重子は黙って頭を撫でてくれた。

劉生に「君は、猫又の生まれ変わりなんだ」と言われた日のことを思い出す。

琥珀の感想は『そんな馬鹿な』だった。それを知った琥珀はずっと今まで、自分のことしか考えていなかった。

けれど、子を一人引き取るのは大変なことだ。養子を取れる環境にありながら寺に捨てられた縁もゆかりもない赤ん坊を育てることにした両親に対して、もしかしたら周囲の反対もあったのではないだろうか。

いつも優しく穏やかな八重子だが、彼女の母親とは不仲だった。その理由を琥珀は考えたことがなかったが、今思えば原因は自分にあったのかもしれない。

琥珀は何も聞かされず、愛だけを与えられていたが、その背景には色々なものがあっただろう。ましてや猫又の生まれ変わりの子など、覚悟なしに引き取れるものではない。

夕食のあと、部屋に戻ってぼんやりとしていると、父が帰ってくる音がした。

琥珀はしばらくベッドにいたが、やがて抜け出して父の書斎の戸を叩いた。

「……お仕事中ですか?」と聞くと「大丈夫だよ」と中に入れてくれた。

父の書斎は書棚に書物が並び、蓄音機や英字のタイプライターなどもある。琥珀はたまにここへ入った時に、一風変わったそれらを見るのが好きだった。

琥珀は椅子に座り、少しの間仕事をしている父の背中を見てから声をかけた。

「お父さま。お聞きしたいことがあります」

「何だい？」

「お父さまは何故、猫又の生まれ変わりであるわたしを引き取ったのですか？」

唐突に聞かれた質問に、劉生はびっくりした顔をして振り返った。

けれど、琥珀の真剣な顔に、考えるようにしてからゆっくりと答えを寄越す。

「昔、八重子が言ってなかったかな？」

「それは覚えてますが……その時はただの捨て子と思ってましたから」

琥珀を寺から引き取った話をした時、八重子は「見た瞬間運命を感じたの」と笑って言っていた。

「人でも猫又でも、その時と答えは何も変わらないよ。八重子はその頃、子ができないことにずっと悩んでいたんだが……」

劉生は何かを思い起こすように、目線を上げて口元を綻ばせた。

「君を見た時、可愛いと言って笑ったんだよ」

「……………」

「八重子が可愛いと言って……私もそう思ったから、私達の子になってもらいたかったんだ。だから……ちっとも気にならなかったよ」

いわくつきの赤ん坊をもらったというのに、父はとても幸せなことを話す時の顔をしている。

「お父さま、たとえば……もしもわたしが急に猫になってしまったら……どうするおつもりだったんですか」

「それでも、君は君だ。私達の娘だよ。話せなくなってしまうのは少し困るが……それでも家族で何とか考えよう」

父は何でもないことのように笑ってそう言う。

「それにね、育っていく中でもずっと君は、私と八重子の娘として、沢山の喜びを与えてくれた。君のおかげで八重子は沢山笑ったし、私も幸せを感じさせてもらえた。君が何者でも……どんな姿でも、私の大事な、可愛い娘だよ」

息を詰めて、父の言葉を聞く琥珀の目から、ぽろりと涙がこぼれ落ちた。

「うちに来てくれて、私の娘になってくれてありがとう」

胸が詰まったように苦しくて、涙がぽろぽろと溢れていく。

八重子の腹から生まれたわけでもなく、また、知った人間からの預かりものでもない。父は、猫又かもしれない琥珀を、こんなにも大切に思ってくれている。

「お父さま、ありがとうございます」

琥珀は泣きながらお礼を言った。

劉生は「当たり前のことにお礼を言うことはないよ」と言って笑った。

琥珀は前世の記憶を求めて四季島の屋敷を探したはずなのに、それを拒絶するような感情がだんだんと膨らんでいた。

それは、自分が自分でなくなってしまうかもしれないという恐怖からだった。思い出した時、琥珀はきちんと琥珀のままでいられるのか。二つの記憶があることでそちらに引っぱられ、琥珀というヒトの形が変わってしまうのではないか。

もしそんなことになったら、今世で自分を育て愛してくれた両親への裏切りになってしまう。それが怖かった。

けれど、自分が何者でも、きっと両親は受け入れてくれる。琥珀は白檀であった頃の記憶を持ってもきっと大丈夫だと、そう思えた。

御影との間にあったことを、きちんと知りたい。御影のことを知りたい。

琥珀は予感する。

きっと、今日眠ったら、夢を見るだろう。

遠く懐かしい、あの頃の夢だ。

明治三十一年。九月十日。

芝大神宮では毎年恒例となっている長い例祭が行われ、町全体が賑やかで活気のある空気に満たされていた。

そして同じ頃、三田四國町にある四季島家にもまた、そわそわと落ち着かない空気が流れていた。

白檀は屋敷の廊下に座り、静かに人の動きを眺めていた。

さっきから目の前を人の足が何度も往復している。普段ならば通りすがりに頭の一つでも撫でていく使用人達もこの日ばかりはそんな余裕はないようだった。

「そろそろですってよ」

「何事もなくお生まれになるといいわね」

「奥さまはお体が弱くてらっしゃるから……心配ね」

屋敷は明らかに普段とは違う雰囲気でざわついていた。見知らぬ人間が何人も出入りしている。

何が起こっているのかはわからないものの、いつもとは違う屋敷の浮き足立った空気に、ほとんどの猫達は萩のトンネルに籠っていた。落ち着かない動きをしてつまみ出された猫もいた。

普段はあまり見ないような人までやってきていた。それは奥方の露子《つゆこ》の出産に際して駆けつけた親類や産婆であったが、白檀の知るところではない。

昼過ぎに奥の部屋から何人かの歓声のような音が聞こえてきたが、その時も白檀は同じ場所で座っていた。


その後、生まれてきた赤子を最初に見せてもらえた猫も、白檀であった。

露子は赤ん坊を大事そうに腕に抱き、教えてくれた。

「白檀、この子はね、御影よ」

初めて見たヒトの赤子は小さく、くたりとしていて、弱々しい。

静かに寝ていたかと思うと急に激しく泣き出したりもする。表情もくるくると変わる。触れることはまだ許されなかったが、白檀はずっと近くで飽きず見ていた。

やがて、少し大きくなると、御影はヨチヨチ歩きで屋敷の猫達に近寄るようになった。しかし、猫達は御影が近づくと、皆逃げていく。

御影の持つ強い霊力が、猫達を怯えさせたのだ。しかし、猫達が怯えるその波長は、白檀とは奇跡的に相性が良く、惹かれるものであった。

御影が寂しげにちょこんと座っているその隣に行くと、彼はきょとんとした顔をしたあと、嬉しそうに笑った。

「あくらん」

まだ小さかった御影が正確に発音できていたわけではない。けれど、名を呼ばれたことはわかった。

にゃあ、と返事をするとまた名を呼ばれる。

こわごわと手を伸ばしてくるので、撫でさせてやる。

白檀は猫としてはだいぶ大きく、御影とそこまで大きさが変わらない。それでも御影は白檀を懸命に抱き上げた。

ヨロヨロと、途中何度か落とされそうになり、半ば引き摺られて白檀は露子の所へと連れていかれた。彼は白檀と仲良くなれたことを誇らしく思って、母に見せにいったのだ。

「白檀、御影のこと、よろしくね」

露子は嬉しそうに笑って言った。

しがみつくようにぎゅうぎゅうと抱きしめてくる御影の腕は小さくて頼りないながら、懸命に愛を伝えてくれている。護らなければならないと思った。

だからその時から白檀は御影を護ることにしたのだ。

御影は聡明な子に育っていった。

白檀は彼がきちんと歩くようになり、駆けることもできるようになり、言葉を覚えていくさまを全てすぐ近くで見ていた。

白檀は御影が昼寝する時は隣にいたし、庭に出る時も一緒だった。御影は白檀の木登りをいつも心配そうに見ていた。

御影がどこかに出かけて帰ってくるのを一番に出迎えるのは白檀だったし、白檀が屋敷の中でどこかに行くと御影は姿を捜す。

いつも一緒にいた。白檀はずっとこんな日々が続くと思っていた。

やがて、六歳になった御影は学校へと出かけていくようになった。

けれど、朝に明るく出かけていった彼は戻ってきた時には泣いている。

御影にはその歳の男児にあるような乱暴さはまるでなく、いつも静かで優しい子だった。だから同じ年頃の乱暴な子に泣かされて帰ってくるのだ。

白檀の記憶の中の御影は、本当によく泣いていた。

御影は家に戻ると人気《ひとけ》のない廊下の突き当たりに行き、白檀を抱きしめて静かに泣く。そして、そこを離れる時には何事もなかったかのような顔に戻る。

露子は元々体が弱く、お産を機に伏せがちとなっていた。そんな彼女に心配をかけまいとしたのだろう。御影は露子の前では決して泣かなかった。

ごく整った愛らしい目鼻立ちの御影は、ヒトの顔などそう細かくは見ない白檀から見ても、母親似だった。いかめしく、寡黙な当主にはそこまで似ていない。

当主の堂玄《どうげん》と御影が一緒にいるところはあまり見なかった。

たまに会話をしていても、御影が「はい」と「わかりました」以外の返答をしていることはほとんどない。御影はその頃、緊張と畏れ、それから尊敬の入り交じる視線を父親に向けていた。

ただ、堂玄は御影に四季島の陰陽を早々に教えたがっていたが、御影はそれを嫌がっていた。

「ぼくは陰陽師にはなりたくない」というのが白檀だけにもらした御影の心だった。心優しい彼は気が弱く、外に出ると化物を視てしまうと言って、屋敷の中に籠っていることが多くなっていた。


御影が七歳の時に、露子が急逝した。

くしくも芝大神宮の長い例祭が行われている時期のことだった。

御影は縁側の奥の廊下で、正面に見える萩のトンネルをぼんやりと見ながら座っていた。白檀は、その時も彼のすぐ隣にいた。

葬式が終わり、すぐの頃だったように思う。いつもは常に多くの使用人が家の中を動き回る気配がしている四季島家は、まるで誰もいないかのように静まり返っていた。

あたりにはひぐらしが鳴く声だけがしていた。

夏と共に、露子の命は終わりを迎えた。

露子がいないというだけで、以前と変わりないはずの屋敷は、活気がなく、火が消えたようだった。

ずっと黙って萩のトンネルを見ていた御影がぽつりとこぼす。

「母さまが死んだ」

自分に言い聞かせるような、はっきりとした声だった。

白檀はじっと御影を見ていた。その体に御影が手を伸ばす。

御影は、白檀の体をぎゅっと抱きしめ、しばらくその体に顔を埋めて静かに震えていた。

御影は声一つ上げなかったが、白檀の体に湿ったものが染みていき、御影が泣いていることがわかる。

「お前が死んだら、ぼくは……独りぼっちだ」

白檀はその時すでに、ずいぶんと長く生きていた。そして、自分がもう御影の傍にそう長くはいられないことを知っていた。けれど、自分がいなければきっと、満足に泣くことすらできないこの子を、置いてはいけない。

御影は白檀に寄りかかるように生きている。

白檀は死期を悟っていたが、強い想いで引き延ばしていた。


そうして、五月末日の午後に、あの老人が現れた。

老人は、気がつくと御影と白檀が座る薄暗い廊下に立っていた。

和装は立派なものだったが、老いで髪は抜け落ち、棒のように痩せこけた体はまっすぐに立っているのも怪しい。異様ななりだった。そんな中、落ちくぼんだ眼窩の下の眼光だけがぎらぎらと光っていた。

老人は、御影の知る男だったようだ。ぼんやりとしている御影に父親が呼んでいると告げて、二人は廊下を行ってしまった。泣き虫な御影はとても優しく、また、その幼さでもって人を疑うようなことはしない。

白檀は老人の目にとても嫌なものを感じた。

あとから思えばそれは、隠しようもない殺気だった。

走ってその背中を追い、屋敷の門の前で御影の小さな背中に追いついた。

「白檀、待っていて」

けれど、そう命じられて、結局御影は行ってしまった。

行っては駄目だと言いたかった。それでも、喉を開けても掠れた声がにゃあと出るばかりだった。

白檀は御影が見えなくなるまでその背を見送り、少しの間、そこで待っていた。けれど、小さな風が吹き、家屋がきしんだ音を立てた時、たまらなく嫌な予感がして、駆け出した。

風を切って駆けているうちに自分の尾が三つに割れていくのがわかる。白檀の琥珀色の瞳は光を帯び、獣からあやかしのそれへと変わっていた。

芝公園の丸山に御影はいた。巨大な蛇の化物に襲われ、震えていた。

脳裏にいつか見た露子の笑顔が浮かんで消えた。

『白檀、御影のこと、よろしくね』

――御影は、自分が命を賭して護らなければならない。

目が覚めると見慣れた洋館の天井がそこにあり、琥珀は汗だくで泣いていた。

瞬間的に自分の体がヒトであることに混乱を覚える。まだどくどくと鳴っている胸に手を当てて、琥珀は呼吸を整えた。

御影の顔が脳裏に浮かんだ。それは、大人になって成長した彼の顔であり、夢で見た穏やかで物静かな男児のそれでもあった。

御影に会いたい。今までで一番強くそう思った。会って、話をしたい。

まだ何をどう伝えればいいのかも定まらないまま、琥珀はベッドを出た。

思いのほか長く眠っていたようで、九時を過ぎていた。

琥珀は家を出て、自転車を漕ぎ出した。走っていると、頭の中を御影と過ごした色々な風景が通り過ぎていく。

白檀と別れてから御影はずっと、どう過ごしていたのだろうか。そんなのは、今の姿を見ればわかりきったことだった。

彼は立派な陰陽師となった。けれど、あまり幸せそうではなかった。ヒトも猫も遠ざけるようになり、彼はきっと孤独だった。

会ったら、何をどんなふうに伝えようか。

ずっと、はやる気持ちのままペダルを踏んで、芝園橋を渡った。

ぜえ、はあ、ぜえ、はあ。

疾走する感覚は、御影を救いに走った時を想起させる。

見慣れた門の前で自転車を停める。琥珀は呼吸を整えて中に入った。

人の気配はなかった。源造も小梅もこの時間はいるはずだが、見当たらない。それぞれ買い物に出かけたりしているのだろうか。

庭には蟬の声が響いていたが、ほかには物音一つせず、どこか不安にさせる静けさがあった。

しゃがみ込んで猫の巣を覗き込むと、そこには暑さでだいぶくたびれた猫達が静かに涼を取っていた。御影を捜そうと立ち上がる。

ふいに、砂利を踏む音に人の気配を感じて振り返る。

それが清門であることを認めた琥珀は眉根を寄せた。彼は琥珀を睨むように見ていた。

「中泉琥珀、今日はお前に聞きたいことがあって来た」

「わたしにですか……？」

むせかえるような熱気の中、清門は琥珀から視線をじっと外そうとしない。嫌な予感がした。

「この屋敷に化物を入れたのは、お前だな」

清門はそう言うと、手に摑んだ太歳を見せてくる。

「あ……」

清門がぐっと力を込めると、手の中の太歳がぶわっと弾けるように破裂し、消えた。

「何するんです！　御影さまは、もう、人に悪さをするような力はないと……」

「……お前は何故この屋敷に来た」

「はい？」

「最初に見た時から怪しいと思っていた。お前の目には、ヒトではない何かが混ざっている」

琥珀の心臓がどくんと音を立てて跳ねた。

「お前は妖怪の類だろう……それも、おそらく猫又だ」

琥珀は、何も返すことができずに立ちつくしていた。

「猫というのはおよそ自分勝手な生き物で、それが無条件に懐く化物というものは、そうない。特にここの猫は警戒心が強く、ヒトには懐かない。しかし……猫又ならば話は別だ。猫共にとって本能的に上位の存在だからな」

琥珀が黙っているのを良いことに、清門は好き勝手に話し続ける。

「お前は猫達を取り込むことで屋敷に入り込み、強引に御影殿の仕事に同行したな。そして化物を屋敷に入れた……何の目的でそんなことをしている？」

清門は確信に満ちた調子で喋り続ける。

「いや、聞かずともわかる。四季島に恨みを持つあやかし……あるいはどこかの陰陽師の家の回し者だな。隙を見て御影殿を殺すのが目的だろう」

「そんなわけ」と口を開いた琥珀にかぶせるように清門は言う。

「僕が今排除してやる。さあ本来の姿を見せてみろ」

「わたしは……人間です」

「そうか。本当かどうか、僕がこの目で確かめさせてもらう」

清門が袂から白い紙を出し、咒文を唱えると、見る間にそれは小さな蛇となった。

琥珀はそれを見て「ひ……」と息を呑んだ。

昔から蛇は大嫌いだった。目にした瞬間から鳥肌が立ち、荒い呼吸が止まらなくなる。

「安心しろ。不幸なことに八島の霊力は代替わりを経て弱まった……僕の式はヒトに危害を加えられるほどの力はない。お前がもしヒトならば、僕の式は何もできない」

そう言いながら清門は小さな式札を次々と蛇へと変えていく。

「嚙み殺せ」

清門が低く言うと何匹もの蛇がざらざらと琥珀の足元へと這い寄ってくる。恐怖ですくみあがった琥珀は腰を抜かし、全く動けずにいた。

すぐに琥珀の足元まで来た一匹の蛇が、かま首をもたげて牙を剝いたその時。

何かが飛んできて、琥珀の足元の蛇を弾いた。

政宗だった。毛を逆立てて、琥珀の目の前に立つ。

ほかの猫達も走ってきて、唸り声や、威嚇するような声を上げながら、無数の蛇達に噛みつき、何匹かは塊となって琥珀の前に出て庇った。

「ち、邪魔してくるか……」

清門は再び袂からさきほどより少し大きな白い和紙を出すと、また咒文を唱えた。

白い紙きれが一瞬だけ空を舞い、次の瞬間、大人の背丈より少し大きいくらいの大蛇が出現した。

「こ、この蛇は……あなたの？」

琥珀の声は震えていた。

頭部が青く、体は黒いこの蛇と、よく似たものを琥珀は知っていた。

その姿は琥珀の恐怖心を抉るように引き出す。

「そうだ。霊力を具現化させた蛇を式神として出す。祖父から引き継いだこれは、僕の父にも御影殿にもない。今は僕だけが持っている八島の陰陽の力だ」

琥珀はごくりと唾を飲んだ。恐怖で声が出ない。ただ、尻をついたまま、じりじりとあとずさるのが精いっぱいだった。

大蛇は緩慢な動きでざらざらと音を立てながら琥珀に近寄ってくる。

すぐに目の前まで来て、かま首をもたげ、口を大きく開けた。

琥珀は前にいた猫達を護るため、尻をついたまま夢中でその前に出て両手を広げた。

どくん、どくん。

心臓の音が大きく聞こえ、どこか非現実な感覚へ落とされる。蛇が大口を開けて、琥珀に向かってくるその動きが、妙に遅く感じられる。

琥珀の脳裏に幾つもの顔が浮かんで通り過ぎた。いつもほがらかに笑う小梅の顔。猫達を見つめる源造の瞳。女学校の同級生。

『君が何者でも、大事な娘だよ』と言って笑った父の顔。琥珀を抱きしめた母の顔。初めて会ったときの御影の顔。それから、幼い御影の顔。

――殺される、そう思った時だった。

蛇が身を捩らせて、もがき苦しむような動きを始め、その一瞬後には飛び上がり、空中高くで破裂するように消えた。

瞬く間の出来事だった。

細かく千切れた白い紙の破片がパラパラと空から降ってきた。

視界の端では清門が胸を押さえて蹲《うずくま》っている。

気がつくとあれだけいた蛇達も、最後に出てきた大蛇もあとかたもなく、そこには白い紙の欠片が、千切れて花びらのように散らばっているだけだった。

「清門……琥珀に何をしようとした」

静かな怒りを孕《はら》んだ声の御影がゆっくりと近づいてくる。

清門が胸を押さえたまま苦しげに言う。

「御影殿……この女は化物です」

「琥珀は化物じゃない」

「しかし、こいつは明らかに普通の人間ではありませんよ。あなたにそれがわからないはずが……」

「琥珀は昔、うちにいた猫だ。化物に襲われた俺を護るため、猫又となり……死んでヒトに転生した」

「……どういうことですか」

清門が怪訝な顔で琥珀を見る。琥珀はカラカラに乾いた唇を開けて、やっとのことで声を出した。

「さっきそこにいた、頭が青く、体が黒い蛇は……昔、御影さまを襲って殺そうとした蛇です」

「何だと？　僕が御影殿を殺そうとしたとでも言うのか？」

「いえ……もう十六年も前の話です」

「………」

「わたしが、白檀だった頃に、見たのです」

琥珀の言葉に、清門は驚愕した顔を見せ、しばらく言葉を失っていた。

「それは……僕の祖父だ……」

やがて、呆然とした顔でぽつりとこぼす。

「御影殿は……知っておられたのですか？」

「あのジジイは、自分の式をやられた体の負担もあってか、あのあとすぐに死んだ……というか、元々死ぬ前の嫌がらせに俺を襲ったのかもしれないな。もし生きていたら確実に俺が殺していた」

「で、では何故……僕のことを……」

清門は強い正義感の下《もと》、琥珀を疑っていた。自分が御影を護る側の人間だという自負があったのだろう。だが、かつて御影の命を狙ったのは自分の祖父で、御影はそれを知っていたのだ。

「あのジジイとお前は別の人間だ」

御影は静かにそう言ったが、清門は動揺を隠せない様子で、ふらふらと門を出ていった。

屋敷には琥珀と御影だけで、静かだった。

琥珀は猫達の体を一匹ずつ検分していく。

「政宗、ありがとうね。怪我してない？」

いさましく琥珀を護ってくれた政宗を抱き上げると誇らしげな顔をして、ゴロゴロと喉を鳴らす。普段は気まぐれな芳一も琥珀を護ろうとしてくれた。お礼を言って撫でてやる。

「雷電……蛇食べたりしてないよね……あれ？」

「どうした？」

「いえ、太り過ぎでお腹のところが見えにくいだけでした」

雷電は確認が終わると、動くのも億劫そうにその場に座り込む。

「満福も元気だね。お前はもっと太ってもいいよ。あ、小判、お前はまだ小さいからね、大丈夫だった？」

普段は悪戯好きの小判は途中までは果敢だったが、大蛇に腰を抜かして動けなくなっていた。抱き上げて「もう大丈夫だよ」と教える。

「壱子、二胡、三太、四太もみんな怪我はないね」

全員の確認を終えると、縁側から静かにそれを見ていた御影の下に戻った。

縁側の角、萩のトンネルの正面にあたるその位置は、幼い御影がよく座っていたところだった。琥珀は御影の隣に腰かけ、しばらく庭と猫達を見ていた。

「御影さま……いつから気づいていらっしゃったんですか」

「……最初は気づかなかった。とはいえ、少し気にはなった。君の目にはヒトではないものが微量だが混じっているからな」

「それ、清門さんにも言われましたが……警戒しなかったんですか……」

「化猫の類の血だとは思っていたが……君にもさほど自覚はないようだったし。それより、うちの猫達は警戒心が強く、飯を食わなかったり、小梅がいない日に彼女が頼んだ代わりの人間をひっかいたりと問題が多いのは聞いていた。俺は直接世話はしないが、飼い主ではあるからな。猫の世話をできる人間は必要だった。猫は君に懐いている。そこは放っておくことにした」

怪しさよりも、猫を優先させる。

清門に対してもそうだが、御影が危険な人物を結局は受け入れてしまうのは、ある種の自暴自棄さだろうか。あるいは、殺せるものならばやってみろという自信からかもしれない。

「それでも、わざわざ関わるつもりはなかった……」

「…………」

「だが、君は妙に気になる存在だった。その瞳の色のせいもあるかもしれない。見ていると、ざわざわと胸が騒ぐ」

琥珀色の瞳。それは、白檀の目の色だ。

「どこか懐かしいものを感じていたのだろうな。だから、君が来た時には部屋を出て、庭が見える居間から、猫の世話をする君の後ろ姿をよく見ていた」

小梅によると、御影は大抵部屋に籠っているということだったのに、居間で本を読んでいることも多かった。琥珀を見ていたらしい。

「帰りが遅くなってはいないかと……無駄に出て確認したりもしていた……」

最初に送ってくれた時を思い出す。たまたま外に出てきていた御影に見つかった。あれも、たまたまではなかった。

「君といると、たびたび懐かしい感覚になった」

御影はそこまで言って、ふうと小さな息を吐いた。

「それでも、白檀だとは気づいていなかった。まさか死んでヒトに転生しているとは思わないからな。はっきり気づいたのは、君の父君が来た時だ」

「え？」

「あの日俺は、君が十六年前、浜松町の実宝寺《じっぽう》で引き取られた元猫又であったことを聞いた。その時、君がかつて白檀だったと気づいたんだ」

「……………」

「そして、その考えはそのまま君の父君にも伝えた」

「え？　じゃあ、その頃から……父も、知っていたんですか？」

帰宅が遅いことを心配していたはずが、妙にすんなりと許可してくれたとは思っていた。父は、ここが琥珀にとってただの屋敷ではないことを知っていて、そこから離すようなことをしないでいてくれたのだ。

「ああ。ただ、父君の話だと君は自分が元猫又であることを知っているとのことだったが……どこまでここでの記憶があるのかはわからなかった」

「……ちゃんと思い出したのはつい先日、招き猫を見せていただいた日です」

「気づいてから、君にどれくらい記憶があるのか知ろうとしたが……倒れたから……焦った」

「御影さま……探りを入れていたんですか？」

「うん、そうだ」

御影は頷き、屈み込んで散らばった白い紙の破片を摘まみ上げる。戯れのようにふっと息を吹きかけると、紙片はあとかたもなく消えた。

「俺はあやかしだろうがヒトだろうが、関わりを持ちたいとは思わない。それなのにずっと、何故あんなにも気になるのかと思っていたが……君が白檀なら、無理はない」

そう言って御影は、優しく笑った。琥珀の胸が熱くなる。

作り物のように精巧な御影のその顔は、少しの間、庭の土を見つめていた。

庭は明るく熱気に満ちていて、くっきりと眩しかった。

沈黙の合間に蝉の声が入り込む。

琥珀はその間もずっと、御影を懸命に見つめていた。

「白檀が腹を食い破られ、大怪我を負いながらも大蛇の顔に食らいつき、懸命に俺を護ろうとしていた姿は今でもはっきり覚えている」

あの時、幼い御影は目を見開いて、ただ、見ていた。握りしめた拳は白くなり、恐怖に身をすくめて。白檀の名を何度も呼んだ。

気を失って、目が覚めた時にはもう白檀の姿はなく、それが永遠の別れとなってしまったのだ。

「俺は何故、あの時何もできなかったのだろうと、何故、あの子に護られるばかりだったのだろうと……ずっと悔いてきた」

御影は琥珀をそっと抱きしめた。ふわりとした抱擁はあの頃の小さな体とは違い、琥珀の体をすっぽりと包み込む。それなのに、たまらなく懐かしい。

「今度は護ることができて……良かった」

「……ありがとうございます」

「何故、泣く」

どこからやってきたのかわからない熱い涙が込み上げて、琥珀は泣いていた。

声だけでそれに気づいた御影は一度体を離して指先で琥珀の涙を拭い、今度は強く抱きしめる。

「御影さま、白檀は、あなたに会うために、生まれなおしました」

「…………」

「あなたを……独りぼっちにしないために」

御影の胸に顔を埋めたまま吐き出した言葉はくぐもって掠れている。

「ですが……御影さま。わたしはもう白檀ではありません」

きっと、もう一度会いたくて、そのために生まれなおしたというのに、琥珀には白檀であった頃の記憶はほとんどなかった。

琥珀は優しい両親に引き取られ、人間の少女として過ごすうちに、かつて猫として過ごした日の思い出も、出会った人達のことも、忘れてしまった。

琥珀は十六年、中泉琥珀として生きてきた。中泉琥珀の家族だっている。もう白檀には戻れない。

白檀は白檀だし、琥珀は琥珀だ。だから転生した時点で、やはり白檀は死んでしまったのだと思う。

それでも琥珀の胸には、あの屋敷に戻って御影にもう一度会いたいという想いだけがずっと強く残っていた。それがあの夢だったのだろう。

十六年ぶりに会った御影はあまり幸せそうではなく、孤独だったけれど、琥珀を受け入れてくれた。死んだあとも会いたいと思う相手は、自分を大切にしてくれた人だと、琥珀はそう思う。

「わたしはもう、白檀には戻れません」

声が震える。琥珀は、御影が悲しい顔をしていないか、それが怖くて彼の胸から顔を上げられなかった。

「それでも……」

琥珀は込み上げてくる嗚咽をごくりと飲み込んで、口を開く。

「それでも、また……お傍に置いてくださいますか……？」

そこまで言って、琥珀はようやく顔を上げて、御影の顔を見た。

琥珀はもう白檀ではない。けれど、中泉琥珀もやはり、御影と共に在りたいと思うのだ。

琥珀色の瞳を大きく見開いて、御影を見つめる。

御影は、いつもの感情を覗かせない無表情であったが、ふいに小さな息を吐いて笑った。

彼と再会してから初めて見る、優しくもあどけない、あの頃の笑顔だった。

「……勿論だよ。ありがとう」

琥珀は再び御影の胸に顔を埋め、今度は自分からぎゅっと抱きしめた。

胸が温かなもので満たされていく。

それは、子どもだった御影と、猫であった頃の琥珀が抱えていた悲しみが溶けた瞬間だった。


琥珀は今日も自転車を漕ぎ、猫のお世話に来ていた。

琥珀がかつて御影の飼い猫の猫又だったことがお互いに知れたが、その関係に特段変化はなかった。

ただ、以前よりはごく自然に傍にいることが認められている。それに、御影は部屋にやっていた猫よけの結界をしなくなったので、それだけでも嬉しいことだった。

琥珀は遠慮なく御影の部屋の扉を開ける。

「御影さま、まだ寝てるんですか」

「……琥珀がいるということは……もう朝か？」

「さっき午砲鳴ってたんで、もう昼ですよ」

「そうか……」

掠れ声にドキッとする。寝起きの御影も色っぽい。御影は身を起こすとそのまま手を伸ばし、琥珀の頭を優しく撫でた。

白檀であった頃はよくされていたことだが、当然ながら手の大きさも、固さもあの頃とは違うのでドキドキしてしまう。

もう白檀ではないのだという琥珀の意思は、あまり伝わっていないように感じられる。

琥珀は縁側で起き抜けの御影と隣り合って座っていた。

「御影さま、わたし、実はずっと……ヒトであるということがしっくりと来ていなかった気がするんです」

女学校に埋没しきれなかった自分。ずっとぼんやりしていて、でも、ここに通い始めてからは生き物として息を吹き返したような気がしていた。

父の言葉を思い出す。

――もしかしたら、今の君が本来の姿なのではないかと思うこともあるんだ……君は本当に、すごく明るくなった。

「でも、この屋敷を見つけて色々思い出すことで、ようやくお父さまとお母さまの子である〝ヒト〟なのだと、そう思えるようになった気がします」

「そうか」

「最近は、将来のことも考えるようになったんです。こんな生まれのわたしだからこそできる仕事があるんじゃないかと……」

「猫の世話係か？」

「うーん、勿論猫が困っていたら助けたくなりますし、それも良いんですけど……御影さま、あやかしとヒトの間をつなぐような、そんなお仕事はないでしょうか？」

「……ないな」

「そうですよね……」

あっさり言われて項垂れる。

「あるとすればそれは陰陽師なのかもしれない」

御影がぽつりと言って、その顔を見上げる。

「でも、わたしには、祓うような力はありません」

「そうだな……まぁ、将来のことは、おいおいこれから考えれば良い。今は時々俺の仕事を手伝ってくれれば、君の言う、あやかしとヒトの仲立ちもできるんじゃないか」

「はい！」

「ああそうだ。今更だが、一応形代《かたしろ》を渡しておく」

「形代？」

そう言って御影は一旦部屋に戻り、白いヒト型の紙を渡してきた。

「俺が念を込めた護符だ。君はあやかしに感応しやすいからな」

「御影さまと一緒の時以外は遭遇してませんよ」

「いや、持っていてくれ。いついかなる時も、君に危険がないように」

最近、御影の心配性は過保護の域に進化した気がする。

「わかりました……」

そうならぬよう願いたいが清門の時のことがある。素直にもらっておくことにした。

清門とのいざこざがあってから二週間以上過ぎていた。それなりに日が過ぎて、琥珀はようやく気になっていたことを聞くことにした。

「御影さま。あの男……清門さんは大丈夫だったんでしょうか」

「大丈夫とは？」

「その、生きてますか？」

御影と清門の会話から推測すると、式神をやられると陰陽師の体に大きな負担がいくようだった。

「ああ、大丈夫だ。あいつは若いから、数日寝込んだ程度だろう」

「体もそうですけど……だいぶ弱々しくなって帰っていきましたけど、その後どうなったんでしょうか」

あのあと、清門がこの屋敷に来たのかどうかも琥珀は知らない。彼は子どもの頃の御影を襲った蛇が、死んだ祖父の式神と知って相当衝撃を受けていたようだった。

「清門は先日一度だけ来て、その時に話はした。どのみち犯人は随分前に死んでいる。どうしようもない。あとはあいつの心持ちの問題でしかない……」

御影はそう言ったあと、表情を曇らせた。

「だが……もしかしたらあいつはもう、ここには来ないかもしれないな」

御影の声はどことなく寂しげだった。

「あのー、御影さま……清門さんはまた、ここに来ると思います」

「何故そう思う？」

御影の問いに琥珀は仏頂面で口を尖らせて答えた。

「だって……あそこにいらっしゃってますし」

清門が前庭のほうからものすごい形相で走ってくる。そして、全く速度を緩めることなく、目の前まで来た。

「中泉琥珀！」

清門が唐突に馬鹿でかい声で名前を叫んだので琥珀はビクッと震えた。御影が庇うように前に出る。

清門はそのまま、勢いよく土下座した。

「中泉琥珀！　このたびのことは誠に申し訳なかった！　もう二度とあんなことはし

ない……本当にすまなかった！」

清門はそう叫んで再び砂利に額を埋めた。ざりざりと額を砂利に擦りつける音が痛そうで、琥珀は引いてしまう。

「も、もうしないなら……いいです」

小さな声で言う。清門は最初から無礼で感じが悪かったが、琥珀を襲ったことに関しては、事情を知らなかったのだから仕方のないところもある。良くも悪くも正義感が強い男なのだろう。ついでに今後の態度も少し直してくれるのならば言うことはない。

清門がバッと顔を上げる。額には砂利がついていて、そこから少し血が滲み、目には涙が浮かんでいた。

「そうか、ありがとう。お前は懐が広い、良い奴だ。僕は……家族が話す他家への攻撃的な言葉を日常的に聞き……また、実際にそういった行為をする家の者を目にしているうちにすっかり猜疑心が強くなってしまっていた。もうこんなことは決してしないと誓う」

ここまで思い込みが強かったのは、過去に実際、自分が何か被害を受けたのかもしれない。そう思うとほんの少し、同情しなくもない。

「許してもらえるなら……折り入って頼みがある」

そう言って清門は今度は琥珀の手をがしっと摑んでくる。

「な、何ですか？」

清門はガッと目を見開いて、大きな声で言った。

「僕と……結婚してくれ！」

唐突な台詞に琥珀は口を開けた。

「………け、っこん？」

びっくりしすぎて口を半開きにさせた琥珀が、そのまま御影を見ると、実に不愉快そうな顔をしていた。

「な、何でまた……」

「お前はかつて御影殿を護って死んだ猫又だったんだろう？　霊力を宿すあやかしの生まれ変わりでありながらヒトでもあるという稀有な女だ……八島の後継者の嫁として、これ以上の相手はいない！　どうか僕と結婚して子を生《な》してくれ！」

「こ……子を……」

確かにこんな珍奇な条件の女性はほかにいないだろうとは思うが、清々しいまでに人の心を無視した最低な発言だ。

「僕自身には霊力が少なくとも、次世代の八島には強い陰陽師を残したいんだ。それに、命を賭して御影殿を護ったお前と僕が子を作れば家同士のくだらぬ争いもまた終わるようにも思えるのだ！　妙案だろう！　近いうちにお前の父君のところに……」

「却下だ」

清門に対して御影が口を挟んだ。

思わぬ横やりに、清門が口をぱくぱくと動かす。

「な、何故ですか。御影殿！　これ以上ない妙案ではないですか!?」

清門が真面目で正義感が強く、悪気がないことは琥珀にもわかったのだが、どこか自分本位で上からものを言うところはおそらく直りようがないだろう。

清門は固まっていたが、ハッと気づいたように言う。

「もしかして……御影殿、この女に……惚れてるんですか？」

「えっ？」

思わぬ質問に琥珀のほうが声を上げ、御影の顔を見てぴくんと耳をそばだてた。御影は間髪いれずに口を開く。

「それはない。考えてもみろ。琥珀はまだ十六歳だ。今そんな対象になり得ない」

「え、えぇ！　そうだったんですか!?」

きっぱりと言われて落ち込んだ。十六歳は立派に結婚できる年齢なのに……薄々感づいてはいたが、やはり御影にとって琥珀は、恋愛対象ではなかったようだ。

「だが、琥珀は俺の大事な猫の生まれ変わりだ。確かに……お前にやるくらいなら……俺が娶る」

「えぇ？」

清門と一緒に叫んで口を開けた。

女として見られているかはともかく、かなり大切には思われているようだ。

御影は苦い顔で清門を眺め、考えてから言う。

「……このさき悪い虫がついてもなんだしな……琥珀、俺と婚約しておくか」

「え、えぇ？」

御影の口調には浪漫も何もない。だが、その目に嘘はなく、本気ということだけはわかる。

「そういえば、琥珀の父君ともすでに……」

「えっ？　何ですか？　まだ何かわたしが聞いてない話があるんですか？」

「いや、何か間違いでもあったらちゃんともらってもらうと釘を刺されたんだ……」

「お、お父さま……」

「その時は間違いは起こらないと言ったが……すでに着物の除霊の時のこともある」

御影は琥珀をまっすぐに見て平然と言った。

「責任を取ろう」

「御影さま……」

「……ああ、勿論君の意思は尊重するが……嫌か？」

婚約というものは……結婚の約束というものはもっと、浪漫があって、こんな人前で思いつきでするものではないはずだ。琥珀の頭の中を怒りと失望が駆け巡っていく。けれど、それ以上の途方もない喜びでそれらは埋めつくされていき、結局琥珀は叫んだ。

「嫌なはずがありません！」

終章

「父さま、ぼくはあやかしを祓うのが嫌いだ。陰陽師になどなりたくない」

勇気を振り絞って吐き出した必死の訴えに、父は表情一つ変えなかった。

「甘えたことを言うな。お前は四季島の跡取りだ」

父は俺の話を聞こうとはしない。取りつく島もなく、背中を向けて去っていく。

いつもそうだ。父は、四季島の跡取りを作ることにばかり必死な男だった。そのくせ、いくら頑張っても俺を認めることはなかった。いくら言われた通りにしても。いくら化物を祓っても。

父が最期に言った言葉。

「お前のような奴を一人残していくのは、実に不本意だ」

俺は、四季島を背負える人間ではないのだと。

父は、今際《いまわ》の際まで痛烈な駄目出しをした。最期の瞬間まで、俺を認めようとはしなかった。

ならば何故あなたは、この家に生まれたというだけで、俺を陰陽師にしたのだ。


大正十年。九月二日。金曜日。午後三時。

御影が陰鬱な夢から覚めた時、陽はすでに傾いていた。

部屋を抜け出したが、源造はすでに帰宅していて、小梅も稽古ごとがある日なので姿はなかった。

それでも、庭のほうからは賑やかな音が聞こえていた。縁側に出てみると、琥珀が猫達と戯れていた。

雷電を少しでも痩せさせようと猫じゃらしを鼻面に向けてびゅんびゅん振っている。

しかし、雷電は緩慢に顔を上げてそれを見ただけで動こうとはしない。傍で見ていると琥珀がじゃれているかのように見えた。そうしているうちに、痩せ猫の満福のほうが激しく食いついてくる。

「満福、お前はもっと食べて。そこまで激しく動かなくていいよ!」

そこに悪戯好きの小判が走ってきて、琥珀の手から猫じゃらしを取り上げ、咥えたまま持っていってしまう。

「こ、小判、これは雷電を……」

取り返そうと追いかけたさきでは壱子と四太がじゃれているうちに本気の喧嘩を始めたようで、今度はその仲裁に入っている。

白檀がいなくなってから、家の猫を見るのも嫌だった。失う存在にならないように、家にいても知らない猫として、見ないようにしていた。

けれど、今はそれも極端だったように感じられる。御影はいつの間にか、庭の猫達を素直にのんびりと見られるようになっている自分に気づいた。

縁側に胡坐をかいて頬杖をつき、しばらく眺めていると、無事に猫達をなだめた琥珀が振り返った。

「あら、そこにいらっしゃったんですね。いつの間に」

「昨晩遅くてな……さっき起きたんだ」

琥珀が隣に腰かけたので、口を開く。

「……猫の目時計を知ってるか？」

「え？　何ですかそれ」

「猫の目は明るい場所では細く、暗い場所では大きくなるので時計代わりになる。江戸時代の数え歌にもあるんだ。『六つ丸く　五七卵に　四つ八つは　柿の核なり　九つは針』……」

「どういう意味ですか」

「六つは日の出入りの六時頃、その頃は丸くなる。九つ、正午は針のように細くなる」

「あぁ……」

「だから猫というものは、暦や時に関係する仕事である陰陽師と相性が良いとして、わが家も代々猫を飼っている。まぁ、母は単に猫が可愛くて好きだったんだろうけどな」

ふいに、横に座っていた琥珀が御影の正面に立った。

「わたし、少しずつ思い出してきたんです。ここにいた時のこと。奥さまのお顔も。とてもお優しい方でしたね。それから……旦那さまのことも……」

語尾を小さくして、もごもごと言う琥珀をさえぎるようにして、御影は言う。

「琥珀……ありがとう」

「何がですか」

「君のおかげで俺はようやく、父の呪縛から逃れられた」

『人を信用するな。常に警戒しろ。あやかしに容赦はするな』

そんな父のやり方は、自分には合っていなかった。情では通用しない相手も勿論いるだろうが、全てを一緒くたに考える必要はない。ようやくそのことに気づけた。いや、本当は前から気がついていたのだ。

ただ、父から逃れられなかった……逃れたくなかったのだろう。父の望む四季島の〝器〟であろうと、何とか理想に近づこうと、自ら囚われていた。

けれど、もう父はいない。自分が認められることだって、永遠にない。

自分は自分のやり方でやればいい。

「御影さま」

呼びかけられたその声が、思いのほか真剣な色を帯びていたので、御影は顔を上げて琥珀のほうを向いた。

「堂玄さまが厳しかったのは、御影さまが殺されかけたからではないでしょうか」

「……何を言っているんだ？」

「その……『人を信用するな。常に警戒しろ。あやかしに容赦はするな』そんな言葉は全て、かつて人を疑わずについていって、化物に殺されかけた御影さまに対する、心配の言葉にも思えるのです」

「いや……父は俺を血を継ぐための器としか思っていなかった」

「霊力を持ってこの家に生まれた以上、あやかしと遭遇することは多いですよね。他家に命を狙われることだってある。元来、優しすぎる御影さまが化物に命を狙われても、跳ね返せるような強さを持った陰陽師になれたのは……堂玄さまのおかげではないでしょうか」

「………」

「……堂玄さまは四季島の陰陽を継ぐご当主さまとして、厳格な父親として、感情を覗かせず、弱さを見せない方だったとうかがっております。白檀の記憶でもほとんど笑みは見せず、近寄りがたい方でした。でも、わたしは、あの方が相好を崩した少ない瞬間を覚えています」

「………」

「堂玄さまは、御影さまがお生まれになった日の晩、すごく喜ばれてました」

琥珀はその日を思い出すように遠くを見て、ゆっくりと言う。

「奥さまにそっけなくありがとうとおっしゃって部屋を出たあと……廊下で一人、涙を浮かべておられました……その涙を見たのは、おそらく白檀だけでした」

琥珀の言葉に御影は動揺した。そんなはずはない。

「四季島の跡取りが生まれてよほど嬉しかったんだろうな」

「違うんです！　御影さま！」

「………」

「言葉を使えるにもかかわらず、言おうと思えば簡単に言えることを、うまく伝えられない不器用なヒトはいるんです！」

「………」

「もう一つ、あるのです……」


その晩、ほかの人間達が寝静まったあと、白檀を膝にのせ、露子は堂玄と話していた。

「御影は陰陽師に向いていないのではないかと思うんです」

それは夫婦で何度か話されていたことだった。露子は堂玄に対していつも一歩引いて遠慮がちだったが、御影のことに関してはしっかりと物を言った。

堂玄は御影に早く陰陽を教えたがったが、それをまだ早いと、ずっと止めていたのも露子だった。露子は穏やかで優しい御影が心配だったのだろう。

「あなたは……そうは、思われませんか？」

露子は緊張した顔で、それでも気丈に返事を待っていた。

「御影には力がある。身を護るために、教えないわけにはいかない」

「それは……けれど……」

圧迫感を抱かせる長い沈黙のあと、堂玄はふっと息を吐いて言った。

「大丈夫だ。御影はすでに私よりずっと素養がある。あいつは私の希望だ。優しすぎるその性質も含め、いずれはきっと……素晴らしい陰陽師になる。そうでなければ、継がせないさ」

堂玄はそう言って、嬉しそうに笑ったのだ。

「ただ一度だけ、本当に嬉しそうにおっしゃったその顔を、わたしは今でもはっきり思い出せます」

御影はずっと黙っていた。琥珀は拳をぎゅっと握ったまま息をひそめている。

やがて、御影はようやく口を開き、小さな声を出した。

「そんなこと……生きてる時に、俺の前では一度だって言わなかったくせにな……」

父は、自分が思っていた以上に不器用な人間だった。

――お前のような奴を一人残していくのは、実に不本意だ。

あの言葉は、もしかしたら素直に言葉を吐けない彼の、謝罪だったのかもしれない。

一人、置いていってすまない。本当は、ただ、そう言いたかった。

俯いた御影の顔の下、膝に置いた手の甲に、ぽたりと何かが落ちた。

それは、長く馴染みなかったもので、御影はしばらく自分が涙をこぼしたことに気づかなかった。

「御影さま……差し出がましいことを言って、申し訳ありません。あまり聞きたくない話だろうと思ったのですが……それでも……」

琥珀は緊張した面持ちで汗をかいていた。

「それでも、お伝えできるのはもう、わたししか、いないと思ったのです」

「……そうだな。君以外に言われても、俺は素直に聞けなかった」

御影も、まさか昔家にいた猫からそんな話を聞くとは思ってもみなかった。

「ありがとう」

素直に礼を言うと琥珀は嬉しそうに笑った。

「これをお伝えできただけでも、わたしは転生してここに戻ってきた意味があるように思います」

琥珀は腰を上げ、急いで目を逸らすように立ち上がる。御影の涙を見て気を遣ってくれたのだろう。

「今日はもう帰ります。御影さま、また明日」

「ああ。また」

母が死に、白檀が姿を消し、父が死んだ。多くの者が御影の周りからいなくなり、御影は自分が心を傾ける存在を排除しようとしていた。

けれど、御影と白檀の関係は、時を経て形は変わったが新しく結びつくことができた。

御影はそれを今、とても幸福なことだと思えている。

前庭に向かう琥珀の背中は落ちかけの陽に照らされて眩しく、光って見えた。

本書はフィクションであり、実在の人物および団体とは関係がありません。

元猫又《もとねこまた》ですが、陰陽師《おんみょうじ》の家《いえ》で猫《ねこ》のお世話《せわ》係《がかり》になったら婚約《こんやく》することになりました。
村田天《むらたてん》

2023年11月5日初版発行

発行者……千葉 均
発行所……株式会社ポプラ社
〒102-8519 東京都千代田区麹町4-2-6

フォーマットデザイン 荻窪裕司(design clopper)
組版・校閲 株式会社鷗来堂
印刷・製本 中央精版印刷株式会社

ポプラ文庫ピュアフル

ホームページ www.poplar.co.jp

N.D.C.913/286p/15cm
ISBN978-4-591-17973-4
P8111365